ज्योतिपुंज विवेकानंद

स्वामी विवेकानंद पर केंद्रित साहित्य

ज्योतिपुंज विवेकानंद

देवाशीष घोष

अनुवाद

सुशील गुप्ता

प्रकाशक

प्रभात प्रकाशन प्रा. लि.

4/19 आसफ अली रोड, नई दिल्ली–110002

फोन : 23289777 • हेल्पलाइन नं. : 7827007777

इ–मेल : prabhatbooks@gmail.com ❖ वेब ठिकाना : www.prabhatbooks.com

संस्करण

2024

पेपरबैक मूल्य

तीन सौ रुपए

मुद्रक

नरुला प्रिंटर्स, दिल्ली

———— ★ ————

JYOTIPUNJ VIVEKANANDA

by Debashish Ghosh

Published by **PRABHAT PRAKASHAN PVT. LTD.**

4/19 Asaf Ali Road, New Delhi-110002

ISBN 978-93-5048-510-1

₹ 300.00 (PB)

आज 6 जनवरी, 1898

हावड़ा के रामकृष्णपुर गंगा घाट पर तीन-तीन नावें आ लगीं। नाव से उतरे आश्चर्य, स्वामी विवेकानंद स्वयं। शिकागो धर्म-संसद् में असाधारण व्याख्यान देकर उन्होंने विदेश के बड़े-बड़े अंग्रेज साहब, विद्वान्-पंडितों को महा आश्चर्य में डाल दिया था। देश-विदेशों के अखबारों में पूरे पन्ने भर में, बड़े-बड़े अक्षरों में उनका नाम प्रकाशित हुआ था। कौन है यह विश्व-विजेता संन्यासी? उनके दर्शनों के लिए आज सैकड़ों-हजारों की संख्या में लोग गंगा घाट पर आ खड़े हुए हैं।

नवगोपाल घोष अपनी दोनों बाँहें उठाकर बोल उठे, "जय! रामकृष्ण की जय!"

आकाश-वाताश, गंगा-तट तत्काल रामकृष्ण के नाम से मुखरित हो उठा।

नाव से उतरते ही स्वामीजी गंगा घाट पर ही धम्म से बैठ गए।

वे मन-ही-मन बुदबुदा उठे, 'अति सुंदर हैं गंगा घाट की ये सीढ़ियाँ! घाट का नाम भी ठाकुर के नाम पर—राम-कृष्ण-पुर!'

आज पूर्णिमा है, इसीलिए घाट पर पुण्यार्थियों की भारी भीड़ है। असंख्य लोग पवित्र गंगा में स्नान कर रहे हैं। स्वामीजी ने उठकर पुण्यतोया गंगाजल माथे से लगाया। वही गंगाजल उन्होंने अपने चारों तरफ छिड़क दिया। वे दुबारा मुड़े और उन्होंने अँजुरी में जल भरकर अपने चेहरे, सिर और गरदन को भी भिगो लिया।

घाट की सीढ़ियाँ चढ़ते-चढ़ते स्वामीजी ने अपने शिष्य शरच्चंद्र से मृदंग माँग लिया। मृदंग बज उठा। साथ-साथ और भी कई-कई मृदंग झंकृत हो उठे। भक्त नवगोपाल घोष ने भी मृदंग पर बोल छेड़ दिया। स्वामीजी से

उनकी आँखें मिलते ही दोनों हौले-हौले मुसकरा उठे। आँखों-ही-आँखों की भाषा में एक-दूसरे से जाने क्या तो बातें हुईं।

अगले ही पल स्वामीजी ने भरपूर आवाज में गीत छेड़ दिया—

"दुखिया बाम्हनी गोद में लेटा, किए उजाला हीरक-कनी
कौन है ओ रे दिगंबर, आया मोरे घर-आँगन में,
भूतल पर अतुल मणि, कौन आया तू जादू-मणि
तापित हेरे अवनी, पार कराने आया तू वैतरणी।"

यह गीत गिरीशचंद्र घोष का लिखा हुआ है। गिरीश घोष ने यह गीत ठाकुर श्रीरामकृष्ण को संबोधित करके लिखा था। सहाना राग में, झाँप ताल में।

स्वामीजी का परिधान गेरुआ वस्त्र है। सिर पर गेरुआ पगड़ी, खाली पाँव। मृदंग और गान के ताल-ताल पर स्वामीजी नाचने लगे। आज मानो स्वामीजी परम आनंद में बेसुध हो गए हैं।

वह मंडली रामलाल डॉक्टर के घर के सामने आकर ठिठक गई। डॉ. रामलाल घोष नवगोपाल बाबू के मित्र हैं। भजन सुनकर डॉक्टर बाबू अत्यंत आकुल-व्याकुल होकर घर से बाहर निकल आए। मंडली आगे बढ़ चली। डॉक्टर भी उस मंडली के साथ चल पड़े।

स्वामीजी को देखने आए हुए उत्साही लोगों की भीड़ जमा हो गई है।

उस भीड़ में मौजूद बहुतेरे लोग आपस में कह रहे हैं, "यह किनको देख रहा हूँ जी? यह तो साक्षात् गौरांग महाप्रभु हैं।"

असंख्य लोगों की बातचीत में भी स्वामीजी को किंचित् होश नहीं है। उनके गोरे-गोरे अंग पर रास्ते की धूल लिपटी हुई है। वे गोलाकार घूम-घूमकर नाच रहे हैं और गा रहे हैं—

"व्यथित को क्या देने दर्शन
आए गोपन में एकाकी,
मुख पर करु णा लपेटे
तुम हँसते-रोते किसके लिए?"

उनकी अगल-बगल के भक्त रामकृष्ण का नाम-संकीर्तन करने लगे। आज स्वामीजी को मानो ठाकुर के भाव ने बेसुध कर दिया है। उनकी आँखों से लगातार झर-झर आनंदाश्रु झरते रहे। उनकी आँखों के आँसू गालों से बहते

हुए उनके गेरुए वस्त्र भिगोते रहे। होंठ हौले-हौले काँपते हुए! होंठों की कोरों में स्वर्गीय हँसी की रेखा।

मरि-मरि रूप हेसूँ
अँखियाँ फेर न पाऊँ रे,
हृदय - संताप - हारी
साध जागे हिय में रे।

भजन-मंडली नवगोपाल घोष के घर की ओर चल पड़ी। घाट से एक सड़क जी.टी. रोड से जा मिली है। वहाँ से एक सड़क पश्चिम की तरफ समानांतर चली गई है। उस सड़क का नाम है—रामकृष्णपुर लेन। उस सड़क से कुछ दूर आगे बढ़ते ही बड़ा सा मैदान और मसजिद।

उस मैदान के बगल में ही नवगोपाल घोष का घर। घर का ठिकाना है 81 नंबर, रामकृष्णपुर लेन। नवगोपाल घोष ने वह घर किसी मुसलमान सज्जन से खरीदा था और उसमें और कई कमरे जोड़कर उन्होंने दो-मंजिला मकान बनवा लिया था। कलकत्ता का बादुड़ बागानवाला घर छोड़कर वे अपने परिवार के साथ अब स्थायी तौर पर रामकृष्णपुर में ही रहने लगे हैं।

मकान का प्रवेश-द्वार पूर्व की तरफ है। मकान उत्तर-दक्षिण-पश्चिम में तीन महला है। प्रवेश-द्वार के बगल में दक्खिन महल में नीचे की मंजिल में बड़ा सा बैठक खाना है। मकान की दूसरी मंजिल पर पूजा-घर। वह कमरा संगमरमर से निर्मित है।

आज माघी पूर्णिमा है। मकान के सामनेवाले फाटक को गेंदे के फूल और आम के पत्तों से सजाया गया है। फाटक के दोनों तरफ केले के पौधे और मंगल-कलश रखे गए हैं। कलश पर दो डाब सजे हैं। नवगोपाल घोष का दूसरा बेटा नीरदवरण अतिशय प्रभु-भक्त है। बचपन से ही उसे गाना और तसवीरें आँकना बेहद प्रिय है। उस दिन घर सजाने का जिम्मा उसी को सौंपा गया है। आज समूचे मकान में उत्सव का माहौल है। श्रीरामकृष्ण के गृही भक्त नवगोपाल घोष और उनकी पत्नी निस्तारिणी देवी की एकांत इच्छा थी कि उनके घर में ठाकुर के विग्रह की प्रतिष्ठा हो। इसलिए वराहनगर के आलम बाजार के मठ से स्वामी विवेकानंद ठाकुर के श्रीविग्रह की प्रतिष्ठा करने आए हैं।

स्वामीजी को मकान के बैठकखाना में लाकर बिठाया गया।

पिछले वर्ष के जून महीने में आए भूकंप में आलम बाजार का जीर्ण मठ-

निवास इतना क्षतिग्रस्त हो चुका था कि वहाँ रहना ही जोखिम भरा था। इसलिए नए मठ के लिए काफी जोर-शोर से जमीन की खोज हो रही थी। दो दिनों पहले ही बेलूर में नीलांबर मुखर्जी की बागान-कोठी के करीब ही मनचाही जमीन मिल गई। जमीन की देखरेख करने और नए मठ घर के निर्माण कार्य की देखरेख के लिए अगले सप्ताह, आलम बाजार से मठ के सभी लोग-बाग, नीलांबर बाबू के किराए के मकान में आने वाले हैं। बैठक में बैठे-बैठे, बातचीत के दौरान, स्वामीजी ने यह सब जानकारी भी दी।

ठाकुर घर से खबर आई कि पूजा का समस्त आयोजन पूरा हो चुका है। नवगोपाल बाबू राह दिखाते हुए स्वामीजी को दूसरी मंजिल पर ले आए।

ठाकुर घर में संगमरमर के सिंहासन पर श्रीरामकृष्ण की पोर्सिलिन की मूर्ति आसीन है। ठाकुर के जीवनकाल में उनकी तीन तसवीरें उतारी गई थीं। उन तसवीरों को ब्रोमाइड और गैसलाइट पेपर पर प्रिंट किया गया था। पानी पड़ते ही तसवीरों का प्रिंट नष्ट हो जाने की संभावना होती है, इसलिए तसवीरें अत्यंत सावधानी से रखनी पड़ती हैं। इसलिए स्वामीजी यूरोप से पाँच तसवीरों का प्रिंट करा लाए थे। असली तसवीर की प्रतिच्छवि पोर्सिलिन की प्लेट पर फोटो के सादृश्य मुद्रित है।

ठाकुर श्रीरामकृष्ण का नाम-स्मरण करते हुए पूजा-पाठ शुरू हुआ। स्वामी प्रकाशानंद ने मंत्र-पाठ किया। स्वामीजी ध्यानस्थ। बीच-बीच में उनका तन-बदन भावावेग से काँप उठता था। उनके होंठ तिर-तिर करके काँपते हुए! अचानक ही अंतस की गहराइयों से स्वामीजी की आवाज में अपूर्व मोहक प्रणति-मंत्र गूँज उठा—

"ॐ स्थापकाय चः धर्मस्य सर्वधर्मस्वरूपिणे
अवतारवरिष्ठाय रामकृष्णाय ते नमः"

काँसे का घंटा ध्वनित होता रहा।

सभी लोग समवेत स्वर में बोल उठे, "जय! रामकृष्ण की जय!"

पूजा शेष हुई। प्रसाद वितरण शुरू हो गया। दूसरी मंजिल के कमरे में निस्तारिणी देवी अपने हाथों से परोसकर स्वामीजी को खिला रही थीं। स्वामीजी ने स्वयं भी एक टुकड़ा बैंगन-भाजा माँगा। निस्तारिणी देवी ने बैंगन-भाजा के साथ-साथ कई एक पूड़ियाँ भी स्वामीजी की पत्तल में परोस दीं।

एक कलछुल बंदगोभी आलू की सब्जी परोसते ही स्वामीजी ने हँसकर

कहा, ''भाभीजी, बहुत ज्यादा खा लिया। सारा आयोजन बहुत अच्छा है। लगता है, इस घर में ठाकुर मजे में रहेंगे।''

उन्हें पंखा झलते हुए निस्तारिणी देवी ने भी हँसकर जवाब दिया, ''हमारी क्या क्षमता कि ठाकुर का सेवाधिकार लाभ करूँ? मामूली सा घर, मामूली सी आर्थिक…''

मुँह में एक जलेबी भरकर स्वामीजी ने जोर का ठहाका लगाया। उनकी हँसी मानो थमना ही नहीं चाहती थी।

बगल में बैठे उनके शिष्य शरच्चंद्र पूछ बैठे, ''ऐसी क्या बात हो गई कि आप यूँ हँस रहे हैं?''

खूब स्वाद ले-लेकर जलेबी खाते-खाते स्वामीजी ने स्वगत ही कहा, ''ओ रे, हँसूँगा नहीं? ठाकुर तो पिछले चौदह जनम में भी ऐसे मार्बल-जड़े कमरे में नहीं रहे। वज्र गाँव-देहात के फूस के घर में जन्म हुआ, येन-केन-प्रकारेण दिन गुजारा। यहाँ ऐसे सेवा-जतन में अगर न रहे तो और कहाँ रहेंगे?''

स्वामीजी की यह बात सुनकर अब सभी लोगों ने हँसना शुरू कर दिया।

खाना-पीना निपटाकर स्वामीजी ने हाथ-मुँह धोया और दूसरी मंजिल के ही दक्षिणी तरफ के एक कमरे में आ बैठे। कुछ ही देर बाद उन्हें विदा लेना था।

निस्तारिणी देवी ने आकर स्वामीजी को प्रणाम किया।

स्वामीजी मंद-मंद मुसकराते रहे।

अचानक वे उठ खड़े हुए और अगले ही पल अपने माथे की पगड़ी खोल डाली।

स्वामीजी ने अपने दोनों हाथ बढ़ाकर अपने माथे की पगड़ी निस्तारिणी देवी के हाथ पर रख दी। वह पगड़ी ठाकुर की परम सेविका को उनका प्रीति-उपहार था।

निस्तारिणी देवी की आँखों में आनंद के आँसू झिलमिला उठे।

नवगोपाल बाबू ने आकर सूचना दी कि घाट पर नाव तैयार है। सीढ़ियों से नीचे उतरकर स्वामीजी ने देखा कि एक घोड़ागाड़ी उनकी प्रतीक्षा कर रही है। घाट तक पहुँचने की राह भी अब उन्हें पैदल तय नहीं करनी होगी। नवगोपाल बाबू ने सभी तरह का इंतजाम कर रखा है। स्वामीजी अपने शिष्य

शरच्चंद्र के साथ वहाँ से बाग बाजार जा रहे हैं।

घाट पर पहुँचकर स्वामीजी ने देखा कि उन्हें विदा देने के लिए नवगोपाल बाबू के घर के बहुत से लोग वहाँ पहले से ही आकर खड़े थे।

पश्चिम में अस्तगामी सूर्य की किरणें गंगा पर पड़ रही थीं। स्वामीजी नाव पर सवार हो गए। आज उनका मन-प्राण ठाकुर के भाव में आप्लावित है। अस्तगामी रक्तिम सूरज को देखकर स्वामीजी को ठाकुर का स्मरण हो आया। श्रीरामकृष्ण उनके लिए सूर्य जैसे थे। अब वे इहलोक में नहीं हैं, फिर भी वे स्वामीजी की भावना, मनन, चिंतन को हर पल घेरे हुए हैं। अस्तगामी सूर्य पर नजरें गड़ाए स्वामीजी मन-ही-मन वंदना करने लगे—तुम सत्य, अचल, त्रिगुणजई, दिव्य गुणों द्वारा वंदनीय हो। सत्पथ-स्वरूप, रामकृष्ण, तुम ही मेरे परम आश्रय हो।

साँझ उतर आई है।

नाव बाग बाजार की ओर आगे बढ़ती रही। गंगा का वक्ष अद्‌भुत अँधेरे-उजाले में घुला-मिला जा रहा हो। गंगा-तट के किसी एक देव मंदिर से शंख-काँसे के घंटे बज उठे। संध्या आरती शुरू हो गई थी।

स्वामीजी गुनगुनाते हुए एकदम से गा उठे—

“ॐ स्थापकाय च धर्मस्य सर्वधर्मस्वरूपिणे
अवतारवरिष्ठाय रामकृष्णाय ते नमः।”

11 मार्च, 1898

सुबोध महाराज को देखते ही स्वामी प्रेमानंद बोल उठे, “खोका, तेरे व्याख्यान में कितना दम होता है। तेरे तो खड़े होते हीससागरा पृथ्वी थरथरा उठती है।”

उनकी बात सुनकर सुबोध महाराज हँस पड़े।

पिछले वर्ष 12 जून को एक भयंकर भूकंप में आलम बाजार का मठ-

बिहार बेतरह क्षतिग्रस्त हो गया था। सामने के मकान का ऊपरी एक हिस्सा पूरी तरह टूटकर गिर पड़ा था। वैसे उस भूकंप में कलकत्ता शहर के सभी घर-मकान कमोबेश क्षतिग्रस्त हुए थे।

भूकंप रविवार को आया था। उस दिन आलम बाजार मठ के पाठ-चक्र में प्रधान वक्ता स्वामी सुबोधानंदजी महाराज ने जैसे ही अपना व्याख्यान शुरू किया, धरती भूकंप से काँप उठी थी।

इसीलिए प्रेमानंद महाराज सुबोध महाराज से अकसर यह मजाक कर बैठते थे।

बेलूर में नए मठ के लिए जमीन खरीदी जा चुकी है। बहुत जल्दी ही मठ का काम शुरू होने वाला है। इसलिए मठवासियों के मन में खुशी का ज्वार उमड़ा पड़ रहा है! नई जमीन की दखल लेने के लिए और मठ-निर्माण कार्य शुरू करने के लिए पिछले महीने की 13 फरवरी को मठ आलम बाजार से हटाकर 48 नंबर लाला बाबू सायर रोड में स्थित नीलांबर मुखर्जी की बागान कोठी में लाया गया है। वह बागान कोठी कुछेक महीनों के लिए किराए पर ली गई है।

किसी समय माँ शारदा के रहने के लिए नीलांबर मुखर्जी की यह उद्यान कोठी किराए पर ली गई थी। इसी मकान में रहते हुए शारदा माँ ने पंचतपा व्रत किया था। इसके अलावा अलग-अलग समय में माँ को बेलूर में राजू गुमाश्ता के घर और घुसुड़ी श्मशान के करीब किसी किराए के मकान में भी लाकर रखा गया था। ये दोनों ही घर गंगा तट पर ही थे।

बेलूर की जमीन का अता-पता पिछले वर्ष के जुलाई महीने के शुरू में मिला था। स्वामीजी उन दिनों मठ की प्रतिष्ठा के लिए जमीन की तलाश में बेतरह परेशान थे। लेकिन मठ के कार्यकर्ताओं के हाथ में जरूरी रकम नहीं थी।

पिछले वर्ष जुलाई में स्वामीजी ने अल्मोड़ा से स्वामी ब्रह्मानंद को खत लिखा था—"काशीपुर में केष्टोगोपाल का बागान खरीद लिया जाए तो अच्छा नहीं होगा?··· अगर पंद्रह-सोलह हजार के अंदर सौदा तय हो जाए तो क्या तत्काल खरीद लोगे?"

उन्होंने लिफाफे के ऊपर लिखा था—"काशीपुर में खासतौर पर कोशिश कर देखो। ···बेलूर की जमीन का खयाल छोड़ दो।"

पिछले वर्ष लगभग सितंबर महीने में जोगेन महाराज यह जानकारी लेकर आए थे कि बाग बाजार की हरिवल्लभ वाटिका 20 हजार रुपयों में बिक रही है। स्वामीजी की इसमें खास सहमति नहीं थी। इसकी वजह यह थी कि वह वाटिका खरीदी जाती तो बहुत-बहुत झमेला था। वाटिका के बैठकखाने को तोड़-फोड़कर उसे बड़े हॉल में बदलना और अन्य बंदोबस्त करना वगैरह-वगैरह। इसके अलावा वह घर बेहद पुराना-धुराना और जर्जर हालत में था। इसलिए वह वाटिका खरीदने की बात ज्यादा दूर तक आगे नहीं बढ़ी।

पानिहाटी में गोविंदा चौधरी की बागान कोठी भी देखी गई। कामारहाटी में एक बागान कोठी और कोन्नगर में जमीन की भी खबर मिली थी। कामारहाटी की बागान कोठी चूँकि काफी दूर थी, इसलिए यह प्रस्ताव रद्द कर दिया गया। आलम बाजार मठ के साधु लोग सितंबर के महीने में जमीन देखने गए थे। दक्षिणेश्वर में भी जमीन खरीदने की कोशिश की जा रही थी, लेकिन त्रैलोक्यनाथ नीवश्वास ने जो शर्तें रखी थीं, मठ के कार्यकर्ताओं के लिए वे स्वीकार योग्य नहीं थीं। उन्हीं दिनों बेलूर में भी जमीन देखी जा रही थी। आखिरकार बेलूर की जमीन खरीदने का फैसला किया गया।

पिछले महीने की 4 तारीख को पटना-निवासी भगवत नारायण सिंह से बेलूर में स्थित छोटे-छोटे दो घर समेत 22 बीघा जमीन खरीद ली गई। उसके अगले ही दिन 1,000 रुपए देकर जमीन का बयाना भी हो गया। जमीन खरीदने के लिए रुपए दिए थे किस हेनरियेटा मूलर ने। 39 हजार रुपयों में मठ की वह जमीन खरीदी गई। पिछले महीने की 25 तारीख को जमीन की दखल मिली।

उस जमीन के एक हिस्से में जावों की मरम्मत का काम होता था। जमीन की पूर्वी सीमा गंगा के समानांतर है। उस भूखंड के उत्तर-पूर्व में एक मेझोल और एक छोटे आकार का एकमंजिला घर भी स्थित है। आस-पास कई पेड़ खड़े हैं। उन पेड़ों में आम का एक पुराना पेड़ भी है। आम का वह छायादार पेड़ स्वामीजी को बेहद पसंद है। इस भूखंड के दक्षिण में देवदार के तीन-तीन विशाल पेड़ हैं।

किस्म-किस्म के पेड़, झोंय-झाड़ के जंगल, पोखर, पानी से भरे छोटे गड्ढे, खाना-खंदकों से घिरी जो जमीन खरीदी गई है, उसका ठिकाना है—5 नंबर, काठगोला लेन।

डोरी बैरकपुर मौजा और बारह परगना के अंतर्गत बेलूर गाँव में मठ के

इस आदि भूखंड के उत्तर में थोड़े से हिस्से में हाराधान दत्त की बागान कोठी और जमीन स्थित है। बाकी हिस्से में शंभु पाल की जमीन है। दक्षिणी सीमा के हिस्से में कुमार श्रीशचंद्र सिंह की जमीन है, बाकी हिस्से में भगवत नारायण सिंह की जमीन। पश्चिमी सीमा के एक हिस्से में भगवत नारायण की जमीन का ही एक हिस्सा है। बाकी हिस्से में आम लोगों के चलने के लिए सड़क और गुलाम, अशरफ, महेंद्रलाल दास एवं वेणीमाधव की जमीन। आस-पास मौजूद हैं—काठ के गोले, ईंट के भट्ठे, बागान कोठी, लोहे के छोटे-मोटे कारखाने, कुछ ही दूर पर बेलूर बाजार।

मठ की जमीन के एक हिस्से में होर मिलर कंपनी के छोटे-मोटे मालवाही जहाजों की मरम्मत हुआ करती थी। नए मठ की जमीन के परिसर में गंगा के ज्वार का पानी घुस आता था। ऊबड़-खाबड़ जीमन, खाना-खंदकों से भरा हुआ!

भूखंड की उत्तर दिशा में पुराना-धुराना व जर्जर एक मंजिला पक्का घर है। उसमें उत्तर की ओर दो कमरे और दक्षिण की ओर एक कमरा मौजूद है। दोनों हिस्सों को जोड़ते हुए बीच में एक लंबा कमरा। उस मकान के उत्तर-पश्चिम की ओर और एक छोटा सा घर है।

हरिप्रसन्न चट्टोपाध्याय इंजीनियर हैं। स्वामीजी उनसे खास स्नेह करते हैं यानी वे स्वामीजी के अतिशय स्नेहभजन हैं। मठ तैयार करने का प्लान बनाने का दायित्व वे हरिप्रसन्न को सौंपने का एक तरह से फैसला कर चुके हैं। स्वामीजी ने उन्हें आड़ियादह के निवासी अनुभवी इंजीनियर रायबहादुर पी. जी. बैनर्जी से भेंट करने की हिदायत दी है। लेबर-ठेकेदार गुलाम रसूल को जिम्मेदारी दी जा सकती है या नहीं, इस बारे में भी बातचीत चल रही है। मठ-कोठी तैयार करने से पहले मिट्टी फेंककर जल्द-से-जल्द जमीन समतल करने का काम शुरू किया जाना है।

यह काम धीरे-धीरे आगे बढ़ाने के लिए और मठ-कार्य के निर्वहण का दायित्व ग्रहण करने के लिए किसी धीर-स्थिर व्यक्ति की जरूरत है। इसलिए स्वामीजी के निर्देश पर स्वामी शारदानंद अमेरिका से स्वदेश लौट आए हैं। अमेरिका में प्रचार की जिम्मेदारी सँभालने के लिए स्वामी अभेदानंद वहीं ठहर गए हैं। पिछले महीने के लगभग मध्य समय में स्वामी शारदानंद के साथ दो अमेरिकी महिलाएँ मिस मैकलाउड और मिसेज अली बुल भी भारत आई हैं।

जनवरी के आखिर में आयरिश महिला मिस मारग्रेट नोबल भी भारत आ पहुँची हैं। वे सभी महिलाएँ मिस हेनरिएटा मूलर द्वारा किराए पर लिये गए मकान में ठहर गई हैं।

मिसेज ऊलू बुल ने वादा किया है कि मठ-कोठी के निर्माण के लिए रुपए देंगी। मैकलाउड लोग मिस मूलर के किराए का मकान कुछ ही दिनों में छोड़ने वाली हैं। स्वामीजी से उन लोगों की बात हो चुकी है कि के मठ-निर्माण से पहले मठ के पुराने घर का रंग-रोगन करा देंगे।

बहरहाल, जमीन खरीदारी का झमेला तो खत्म हुआ। मठ भी आलम बाजार से उठकर बेलूर के नीलांबर मुखर्जी के किराए के मकान में आ चुका है। वह मकान गंगा-किनारे है। बेहद खुला-खुला उन्मुक्त परिवेश! स्वामीजी उन दिनों नए मठ में ही रह रहे हैं।

वह सुबह बेहद मनोरम थी। स्वामीजी के कमरे से जुड़े आम के पेड़ से पंछियों की चहचहाहट सुनाई देती है।

स्वामीजी ने अपनी मित्र क्रिस्टिन ग्रीनस्टाइडेल को खत लिखा—'We have changed our Math from the old, nasty house on the bank of the Ganga. This is much more healty and beautiful.'

25 मार्च, 1898

मारग्रेट ने अपने हाथों से शिवलिंग पर धतूरे के फूलों की माला लपेट दी। भगवान् शिव को लाल चंदन, चर्चित कलंगीदार फूल और धतूरे के फल अर्पित किए।

स्वामीजी बगल में ही बैठे हुए हैं। वे मारग्रेट को बड़े स्नेह से शिव-उपासना की विधि समझा रहे हैं।

पूरा नाम—मारग्रेट एलिजाबेथ नोबल, पिता—सैमुअल नोबल और माँ मेरी ईजाबेल हैमिल्टन की तीन संतानों में ज्येष्ठ संतान। जन्म उत्तरी आयरलैंड के डानग्यनन शहर में।

मारग्रेट आयरलैंड के हैलिफैक्स कॉलेज से फाइनल परीक्षा पास करके उसी वर्ष केसवीक के एक स्कूल में टीचर के तौर पर शामिल हुई थीं। इसके बाद विभिन्न स्कूलों में टीचर की नौकरी की। स्वामीजी से उनकी पहली भेंट लंदन के वेस्टएंड में ईसाबेल मारग्रेट के घर हुई थी। प्रथम दर्शन में ही मारग्रेट स्वामीजी के प्रति श्रद्धा-भाव में डूब गई थीं।

पिछले वर्ष मिसेज स्टर्डी ने सूचित किया था कि मारग्रेट भारत आना चाहती हैं। उन्होंने सारा कुछ अपनी आँखों से देखने का पक्का इरादा कर लिया था।

स्वामीजी को भी दृढ़ विश्वास है कि भारत के कार्यों में मारग्रेट का एक विराट् भविष्य है। मारग्रेट के दादा रेवरेंड जॉन नोबल प्रोटेस्टेंट वेएलियम चर्च के धर्मगुरु थे। उन्होंने आयरलैंड के मुक्ति-संग्राम में भी हिस्सा लिया था।

स्वामीजी ने मारग्रेट से कहा, ''तुम्हारी शिक्षा, ऐकांतिकता, पद्मिता, असीम कार, दृढ़ता और सर्वोपरि तुम्हारी नसों में प्रवाहित धर्म-प्रधान रक्त की वजह से तुम बिलकुल वैसी ही महिला हो, जिसकी आज के युग में जरूरत है।''

मारग्रेट 'मोंबासा' जहाज से मद्रास से होते हुए इस वर्ष की जनवरी की 28 तारीख को कलकत्ता आ पहुँची हैं। कलकत्ता के स्ट्रैंड रोड के जहाज-घाट पर स्वामीजी स्वयं ही उनके स्वागत के लिए उपस्थित थे!

मारग्रेट के भारत आने से पहले ही स्वामीजी ने उन्होंने जानकारी दे दी थी, ''बाधाएँ बहुत सारी हैं। इस देश में दुःख-क्लेश, कुसंस्कार, दासत्व वगैरह किस किस्म का है, तुम अंदाजा भी नहीं लगा सकती। इस देश में आकर तुम असंख्य स्त्री-पुरुषों में लिपटी अपने को अधनंगी महसूस करेगी। यहाँ के लोगों के मन में जाति और स्पर्श के बारे में विकट धारणाएँ हैं। भले भय से हो या घृणा से, लोग श्वेतांगों से कतराकर चलते हैं और वे लोग भी इन लोगों से बेहद नफरत हैं। अगर और नजरिए से विचार करें, तो गोरी चमड़ीवाले तुम्हें खामखयाली मानेंगे और तुम्हारी हर गतिविधि को शक की नजर से देखेंगे।

''इसके अलावा, यहाँ की जलवायु भी ग्रीष्म-प्रधान है। इस देश की प्रायः सभी जगहें बहुत जल्दी ही तुम्हें अपने यहाँ की गरमी जैसी लगने लगेंगी और यहाँ के दक्षिणांचल में तो हमेशा ही आग की चिनगारियाँ बिखरती रहती हैं।

“शहर से बाहर कहीं भी कोई यूरोपीय चेहरा सुख-स्वच्छंदता से नजर आ जाए, इसका कोई उपाय नहीं है। इन सबके बावजूद अगर तुम यहाँ काम करने की हिम्मत कर सको, तो निश्चित रूप से सौ बार तुम्हारा स्वागत करूँगा।”

पिछले महीने के अंत में मारग्रेट दक्षिणेश्वर मंदिर भी घूम आईं। स्वामीजी की इच्छा है, “मनुष्यों में अपने में निहित देवत्व की वाणी का प्रचार करना होगा और सभी कार्यों में आती देवत्व-विकास की राह निर्धारित कर देनी होगा।” वे चाहते हैं, भारत में आगत मारग्रेट अपने पैरों पर खड़ी हों।

इसी महीने की 11 तारीख को मारग्रेट ने स्टार थिएटर में आयोजित जनसभा में पहला व्याख्यान दिया। उनके व्याख्यान का विषय था Influence of spritual thoughts of India in England. यानी ‘इंग्लैंड में भारत के आध्यात्मिक विचारों का प्रभाव’!

उस व्याख्यान मंच पर स्वामीजी ने उनका परिचय कराते हुए कहा, “इंग्लैंड ने हमें एक उपहार दिया है—मिस मारग्रेट नोबल!”

स्वामीजी ने उन्हें पहले ही बता दिया था, “कामकाज में कूदने से पहले अच्छी तरह सोच लो और किसी कार्य के बाद अगर विफल हो जाओ या कर्म में विरक्ति आ जाए तो मेरी तरफ से यह निश्चित जानो कि उसके बाद भी तुम मुझे अपने करीब ही पाओगी। तुम चाहे भारत के लिए काम करो या न करो, वेदांत धर्म त्याग दो या थामे रहो, मैं तुम्हारे साथ रहूँगा।”

ठाकुर घर में महात्मा बुद्ध की एक मूर्ति है। उस करुणाधन बुद्ध की मूर्ति पर नजरें गड़ाए स्वामीजी ने मारग्रेट से कहा, “अब कुछ फूल मेरे बुद्ध को अर्पित करो।”

मारग्रेट घुटनों के बल बैठ गईं और बुद्ध की मूर्ति के सामने उन्होंने मुट्‌ठी भर बेल फूल की अंजलि दी।

स्वामीजी की निगाहें अब तक बुद्ध की मूर्ति पर गड़ी रही।

“सकल दुःखों के मूल में है अज्ञता, इसके अलावा और कुछ नहीं। जगत् को प्रकाश आखिर कौन प्रदान करेगा? आत्म-विसर्जन ही था अतीत का कर्म-रहस्य! हाय, युग-युग तक यही सिलसिला चलता रहेगा। जो लोग जगत् में सबसे अधिक साहसी और वरेण्य हैं, उन लोगों को सदा-सर्वदा ‘बहुजन हिताय बहुजन सुखाय’ आत्म-त्याग करते रहना होगा। अनंत प्रेम

और करुणा से परिपूर्ण, शत-शत बुद्ध के आविर्भाव की जरूरत है।'' स्वामीजी ने अपनी मानस-पुत्री से कहा, ''जाओ, जिन्होंने बुद्धत्व लाभ से पहले पाँच सौ बार दूसरों के लिए जन्म ग्रहण किया और प्राण विसर्जन किया था, उन्हीं बुद्ध का अनुसरण करो।''

मारग्रेट अपने घुटने गाड़े स्वामीजी के समीप बैठी रहीं।

स्वामीजी ने कहा, ''आज से तुम्हारा नाम हुआ निवेदिता!''

28 मार्च, 1898, सोमवार

नाव में जाते-जाते माँ को ढेर-ढेर पुरानी यादें घेरे रहीं। बेलूर...नीलांबर मुखर्जी की बागान-कोठी...पंचतया व्रत...और-और भी कितना कुछ।

कोई समय था, जब माँ किराए के उस नीलांबर मुखर्जी जी उद्यान वाटिका में रहा करती थीं।

सुबह 8 बजे नाव बेलूर के घाट से आ लगी। उनके साथ थे योगीन महाराज, ब्रह्मचारी कृष्णलाल, शारदा महाराज के छोटे भाई, आशुतोष मित्र और गुलाब माँ। नाव घाट पर लगते ही शंख-ध्वनि से पूरा मठ मुखर हो उठा। मठ के साधुओं ने बड़े जतन से माँ को बिठाया।

इन दिनों गरमी का मौसम है। एक जन-सेवक माँ के करीब खड़ा पंखा झलने लगा।

राजा महाराज ने आकर माँ को प्रणाम करके कहा, ''माँ, अगर कोई असुविधा हुई तो आप सुशील से कहिएगा। आशुतोष भी साथ-साथ रहेगा।''

राखाल महाराज के चले जाने के बाद मठ के अन्य साधु भी और माँ को प्रणाम कर गए। कुछ देर विश्राम करने के बाद माँ ठाकुर घर में गईं। पूजा का आयोजन पहले से ही कर रखा गया था। अपने मन-मुताबिक ठाकुर-पूजा करके माँ बाहर निकल आईं।

उन्होंने कहा, ''बच्चों ने तो सुबह से ही कुछ नहीं खाया है। सब में

प्रसाद बाँट दो।''

माँ और गुलाब माँ को मिस्री का पन्ना, ठाकुर के प्रसाद का फल अर्पित करके नंदलाल बाकी प्रसाद रसोई में ले गए।

सुशील ने हाथ धोने का पानी आगे कर दिया। माँ हाथ-मुँह धोकर लौट आईं।

प्रसाद की कटोरी माथे से लगाकर माँ ने आवाज दी, ''सुशील, आशुतोष! आओ, तुम दोनों भी प्रसाद ले लो।''

माँ का आदेश पाकर दोनों लोग घुटने मोड़कर बैठ गए और ठाकुर का प्रसाद अपने-अपने माथे से लगा लिया।

थोड़ी देर बाद जब भोग की तैयारी पूरी हुई, माँ ने अपने हाथों से ठाकुर को भोग लगाया, उनकी सेवा की और शयन कराया।

पहले ऐसा होता था। माँ अगर अपने हाथों से भोग नहीं लगाती थीं तो ठाकुर अन्य किसी के हाथों भोग ग्रहण ही नहीं करते थे।

ठाकुर-घर के सामने के दालान में माँ और गुलाब माँ के लिए दोपहर के खाने का इंतजाम किया गया है। नंदलाल ने पहले दूध में भात साना, उसमें नारियल के लड्डू, आम और चीनी मिलाई।

माँ ने कहा, ''नंद, ऐसा करो, तुम एक कटोरी ले आओ। हम इतना सारा नहीं खाएँगी। कटोरी में बस, थोड़ा सा छोड़ दो, बाकी बच्चों को दे दो।''

माँ के कहने पर नंदलाल पत्थर का एक बड़ा सा कटोरा ले आए। भात सानने के बरतन में थोड़ा सा रखकर माँ ने बाकी आहार उस कटोरी में ही छोड़ दिया।

माँ का प्रसाद लेकर नंदलाल अंदर चले गए। खाना खाते-खाते माँ सबके हाल-समाचार पूछती रहीं—कौन कहाँ रहता है? क्या खाता है? कौन कहाँ सोता है? कौन ठाकुर की पूजा करता है? वगैरह ढेरों सवाल!

आहार निपट जाने के बाद माँ के विश्राम की व्यवस्था की गई। फर्श पर एक चटाई बिछा दी गई। चटाई पर लेटते ही गुलाब माँ सो गईं। नींद में वे बेतरह खर्राटे लेती थीं। उनकी इस आदत की बहुत से लोगों को जानकारी थी।

माँ ने अधलेटी होकर कहा, ''जाओ बच्चो, तुम लोग भी खा आओ।''

सुशील और आशुतोष भी बारी-बारी से जाकर खाना खा आए।

शाम 4 बजे माँ ने ठाकुर को जाग्रत् किया। माँ के लिए मुरमुरे, गुड़-बताशों के हलके-फुलके नाश्ते का इंतजाम किया गया।

नाश्ता करने के बाद ही माँ वापस लौटने की तैयारी शुरू कर दी।

अपना पोटला-पोटली समेटकर, गुलाब माँ को साथ लेकर माँ तैयार हो गईं। योगीन महाराज उन लोगों को लेकर गंगाघाट की ओर जाने वाले थे। वहाँ नाव उन लोगों का इंतजार कर रही थी।

ऐसे में कृष्णलाल महाराज ने आकर सूचित किया कि राखाल महाराज की इच्छा है कि वापस जाने से पहले माँ मठ की नई जमीन पर अपनी चरण-धूलि देती जाएँ।

यह संदेशा पाकर माँ ने भी कहा, ''चलो, वहाँ भी हो लूँ। मेरी भी वह जमीन देखने की खूब इच्छा है।''

योगीन महाराज ने कहा, ''माँ, ऐसा करें, आप नाव से चली जाएँ, मैं पैदल-पैदल आता हूँ।''

नए मठ की जमीन पर माँ की अभ्यर्थना के लिए पहले से ही बहुत से साधु वहाँ खड़े थे। नाव से उतरकर माँ ने मठ की नई जमीन पर पाँव रखा।

नए मठ की जमीन ऊबड़-खाबड़ थी। जहाँ-तहाँ बेखप्पा दलान। जमीन बराबर करने के लिए ढेरों मिट्टी की जरूरत पड़ने वाली थी।

''सावधानी से पाँव बढ़ाएँ, माँ !'' राखाल महाराज ने आग्रह किया।

माँ के साथ-साथ ही निवेदिता, मिस मैकलाउड और मिसेज बुल भी चल रही थीं।

इन्हीं कुछ दिनों से मारग्रेट और उनकी साथिनें मठ के छोटे मकान में रह रही हैं।

गंगा-घाट पर बेलूर गाँव कभी नेपाल महाराज के काठ का डिपो हुआ करता था। महाराज के प्रतिनिधि विश्वनाथ उपाध्याय जब वे यहाँ होते थे। वे श्रीरामकृष्ण के कृपाधन्य थे। जब वे यहाँ होते थे तब कभी-कभी दक्षिणेश्वर भी पहुँच जाते थे। ठाकुर उन्हें प्यार से 'कैप्टेन' पुकारते थे।

एक दिन कैप्टेन साहब ने ठाकुर से फरमाइश की, ''नदी के उस पार बेलूर चलें। वहाँ नेपाल राजा का ठाठगोला घूम आएँ।''

कोई अगर कभी उन्हें कहीं ले जाने की इच्छा जाहिर करता तो ठाकुर

को बेहद खुशी होती थी। वे झट राजी हो जाते थे और साथ जाने के लिए हमेशा अपने पाँव बढ़ाए रहते थे। कहीं घूमने जाते हुए ठाकुर हमेशा पूरी तैयारियों और व्यवस्था के साथ जाते थे धुली-धुलाई तहाई हुई पतली लाल किनारेदार धोती और लॉनाक्लॉथ का कुरता! बदन पर मोलस्किन की चादर लिपटी हुई। पैरों में पॉलिश किए हुए जूते या चप्पल! हाथ के बटुए में कबाब चीनी के रूप में खास मसाला होता था। घूमने जाते समय ठाकुर कभी मुख-शुद्धि लेना नहीं भूलते थे।

उस बार ठाकुर नाव पर सवार होकर कैप्टेन के साथ नेपाल राजा का काठ गोला देखने के लिए बेलूर जा पहुँचे। काठगोला में बैठकर ठाकुर काफी देर तक गपशप भी करते रहे। बेहद कम समय में सबके साथ घुल-मिल जाने की अद्भुत क्षमता थी उनमें। उस दिन कैप्टेन ने उन्हें मिठाई खिलाई थी। यह सारी कहानी माँ ठाकुर की जुबानी ही सुन चुकी थीं।

किसी समय ठाकुर वहाँ आए थे। आज उसी जगह नया मठ तैयार हो रहा है। माँ को लगा, यहाँ, इस जगह में ठाकुर का ढेर-ढेर आशीर्वाद बिखरा हुआ है। माँ परम उमंग से नए मठ की जमीन पर घूमते-घूमते किस तरफ क्या है, छोटी-से-छोटी बात की जाँच-पड़ताल करती रहीं और राजा महाराज उनके सभी सवालों का जवाब देते जा रहे थे।

दक्षिण की तरफ के मठ की जमीन पर अंदर प्रवेश करने के लिए प्रवेश द्वार था। उस तरफ जमीन-भराई का काम शुरू हो चुका है। ऊबड़-खाबड़ जमीन को समतल करने में प्रचुर भराव की जरूरत है। ईंट भट्ठों की रविश लाकर वह जमीन भरी जा रही है। इस पर करीब 4 हजार रुपयों का खर्च आएगा। पगडंडी पकड़कर उत्तर की तरफ आगे बढ़ते ही नारियल के पेड़ों से घिरी छोटी सी एक पोखर पड़ी थी। पोखर का नाम था—गोलपुकुर। उसके बाद पश्चिम में झोंय-जंगल और बाँस के झाड़। सड़क के दोनों दोनों तरफ जंगलों से काफी लंबा-चौड़ा मैदान। मैदान के पश्चिम में भी एक पोखर। नाम—पद्मपुकुर! पोखर के चारों ओर नारियल और आम के पेड़। छायामय शांत परिवेश! पोखर में कमल-कुमुद खिले हुए।

गंगा की तरफ तीन-तीन देवदारु के पेड़। इसके अलावा खजूर, अमरूद, गुलची फूलों के पेड़। मौसम के समय पेड़ों तले खजूर, अमरूद, गुलची फूल पड़े रहते हैं। जरा इस पर आम और कटहल के पेड़। उन पेड़ों के करीब ही

अशोक और नीम के पेड़!

आम, नारियल, ताड़, केले, अरबी पेड़ों के झोंय-जंगल के बीच से होकर आगे बढ़ते ही, भूमिखंड के लगभग उत्तरी छोर पर दो एक-मंजिले जर्जर घर। करीब ही एक और पोखर मौजूद था। परिवार में पेड़ के पत्ते गिर-गिरकर। ऊपर तक भरे हुए। पोखर का नाम—सड़ियल पोखर। पोखर की चारों तरफ नारियल के पेड़। बड़े मकान के उत्तरी हिस्से को जोड़ता हुआ एक लंबा बरामदा।

इस मकान के उत्तर-पश्चिम की तरफ कर्मचारियों के रहने के लिए एक छोटा सा लंबा कमरा मौजूद है।

वहाँ पैदल-पैदल चलते हुए माँ ने कहा, ''जानते हो, मेरी आँखें हमेशा यही देखती रहती थीं कि गंगा के इस पार, उस जगह ठाकुर रहा करते हैं। यहाँ ठाकुर वास करते हैं।''

इस तरह माँ एक बार बोध गया गई हुई थीं। वहाँ उन्होंने देखा था, वहाँ के मठ में अतुल ऐश्वर्य भरा पड़ा था और इसकी तरफ उनके आत्मत्यागी संतानों के लिए स्थायी आश्रमों का अभाव था। अन्न-वस्त्र का अवर्णनीय अभाव था और मठ के संचालन के लिए असीम शारीरिक क्लेश वगैरह का विपरीत चित्र संघ-जननी को बेतरह विचलित कर गया था।

इस संघ को सुप्रतिष्ठित देखने के लिए उन्होंने प्रभु से बार-बार प्रार्थना की थी।

घूम-घूमकर जमीन देखते हुए माँ ने धीमी आवाज में कहा, ''अहा, इसके लिए ठाकुर के सामने कितना-कितना रोई हूँ, कितना-कितना आज करती रही। तभी तो उनकी कृपा से आज यह सब मठ-वठ···सब कुछ हुआ।''

बातें करते-करते माँ घाट के करीब चली आईं। ढलती हुई धूप अब बुझनेवाली थी। और कुछ ही देर में माँ बाग बाजार की ओर रवाना होने वाली थीं। माँ को विदा देने के लिए घाट के सामने मठ के सभी लोग खड़े थे। यह देखकर माँ परम आनंद से भर उठीं।

माँ ने अपार खुशी से कहा, ''चलो, इतने दिनों बाद बच्चों के लिए सिर ढकने की जगह बनी : ठाकुर ने इतने दिनों बाद हमारी तरह मुँह उठाकर देखा तो सही!''

3 मई, 1898

जितनी तो प्लेग की महामारी नहीं फैली थी, उससे कहीं ज्यादा अफवाह फैली हुई है। मारण-रोग के डर से लोग कलकत्ता छोड़कर भाग रहे हैं।

स्वामीजी आज ही कलकत्ता लौटे हैं। सेहत ठीक करने के लिए वे दार्जिलिंग गए थे। वहाँ वे मिस्टर एस.एन. बैनर्जी के यहाँ मेहमान बनकर ठहरे थे। मिस मूलर और स्वामी अखंडानंद वहाँ से डेढ़ मील दूर रोज बैंक के घर में ठहरे थे। हर दिन सुबह-सुबह स्वामीजी मिस मूलर के यहाँ कॉफी पीने पहुँच जाते थे।

हावड़ा स्टेशन से बेलूर मठ लौटते ही स्वामीजी सीधे बाग बाजार माँ ठकुराइन के घर आ पहुँचे।

प्लेग के बारे में सारा कुछ सुनने-समझने के बाद स्वामीजी ने कहा, ''पहले जन-सचेतनता बढ़ाने की जरूरत है।'' उन्होंने बँगला और हिंदी में परची छपाने की सलाह दी। प्रचार के कामकाज की देख-रेख का जिम्मा उन्होंने निवेदिता को सौंप दिया।

सबके सामने ही स्वामीजी ने कहा, ''काली मैया के अस्तित्व के बारे में कितने ही लोग व्यंग्य-ताने मारते हैं; लेकिन देखो, मैया प्रजागण के बीच उद्भूत हुई हैं। मगर डर के लोगों को कूल-किनारा नहीं सूझ रहा है और इधर मृत्यु का दंडदाता सैनिक आवाजों पर आवाजें दिए जा रहा है। कौन कह सकता है कि भगवान् शुभ की तरह ही अशुभ रूप में अवतार नहीं लेता? लेकिन एकमात्र हिंदू ही उन्हें अशुभ रूप में भी पूजा करने का साहस कर पाता है!''

थोड़ा ठहकर उन्होंने फिर कहा, ''सिर्फ प्रचार-पत्र छापने-बाँटने से काम नहीं चलेगा। एक सेवा-केंद्र तैयार करना होगा।''

यह सुनकर वहाँ उपस्थित एक गुसभाई ने सवाल किया, ''लेकिन इसके लिए रुपए कहाँ से आएँगे?''

गुरुभाई की ओर देखते हुए स्वामीजी ने एक पल का भी समय लिये बिना जवाब दिया, ''क्यों? जरूरत पड़ी तो नए मठ की जमीन-जगह सब बेच

दूँगा। हम सब तो फकीर बंदे हैं। मुट्ठी भर भीख माँगकर, पेड़ तले सोकर दिन गुजार सकते हैं। अगर जगह-जमीन बेचकर, हजारों-हजार लोगों की जान बचाई जा सकती है तो क्या जमीन, क्या जगह?''

उनकी तबीयत ठीक नहीं है। उत्तेजना बढ़ती जा रही है। बैसाख की गरमी में वे पसीने-पसीने हो रहे थे।

विदेश से लौटने के बाद से ही स्वामीजी की तबीयत ठीक नहीं चल रही है। डॉक्टर ने उन्हें सेहत ठीक करने के लिए किसी ठंडे-पहाड़ी आवास में रहने की सलाह दी है।

दार्जिलिंग से वापस लौटते ही उन्हें मिस्टर सेवियर का पत्र मिला है। मिस्टर सेवियर ने जानकारी दी है कि वे और उनकी पत्नी अल्मोड़ा में आश्रम स्थापित करना चाहते हैं। इसलिए उन दोनों ने स्वामीजी को अल्मोड़ा आने के लिए विशेष अनुरोध किया है।

वहाँ एक मठ-आश्रम बन जाए तो बुरा नहीं रहेगा। हिमालय के करीब वह जगह काफी एकांत, शांत और खूबसूरत है। ध्यान के लिए भी काफी उपयोगी है। वहाँ की आबो-हवा भी काफी मनोरम है।

प्लेग का मामला निपट जाए तो स्वामीजी जल्दी ही वहाँ चले जाएँगे। अगर वे वहाँ गए तो सभी लोगों को वहाँ ले जाएँगे। वह जगह सभी लोगों को देखनी चाहिए, यह जरूरी है। माँ-ठाकुराइन के घर में भी इस बारे में थोड़ी-बहुत बातचीत हुई। यह तय हुआ कि स्वामीजी के साथ पहले स्वामी तुरीयानंद, स्वामी निरंजनानंद, स्वामी सदानंद, स्वामी स्वरूपानंद, मिसेज ऊली बुल, कलकत्ता के अमेरिकन काउंसिल जनरल की पत्नी मिसेज पीटरसन, मिस मैकलाउड और निवेदिता जाएँगे।

6 जून, 1898. सोमवार

स्वामीजी लोग इन दिनों अल्मोड़ा में हैं।

स्वामीजी सुबह चाय की मेज के सामने बैठे थे।

उन्होंने कहा, ''उस बूढ़े साधु को मैं इतना प्यार क्यों करता था, जानते हैं? उन्होंने गेहुँअन साँप का दंश झेलकर भी कहा, 'यह तो प्रियतम की वार्त्ता है।'

सभी खामोश!

बूढ़े साधु पवहारी बाबा का निधन हो गया था।

उन्होंने स्वेच्छा से आत्माहुति दे डाली थी। स्वामीजी उन्हें अपने गुरु श्रीरामकृष्ण की तरह ही प्यार करते थे।

सेवियर दंपती के साथ वे कुछ दूर तक सैर पर निकल गए थे। पिछली शाम को ही वे लोग लौटे थे, वह भी अतिशय आच्छन्न हालत में।

''गुडविन का निधन हो गया है।'' चाय की मेज के सामने बैठी मिस मैकलाउड ने ही पहले यह खबर दी।

चाय का कप परे हटाकर स्वामीजी कुछेक पल उनके चेहरे की तरफ देखते रहे।

थोड़ा ठहरकर उन्होंने शांत स्वर में पूछा, ''कब?''

जवाब देते हुए मिस मैकलाउड की आवाज मारे रुलाई के अवरुद्ध हो आई। उन्होंने बमुश्किल कहा, ''दो जून को टेलीग्राम से खबर आई है।''

कुछ देर बिलकुल खामोश रहने के बाद स्वामीजी ने शांत आवाज में कहा, ''मेरा दाहिना हाथ चला गया।'' उसके बाद मेज से अखबार उठाकर उन्होंने अपनी आँखों के आगे खोल लिया। समूचे परिवेश में मातमी सन्नाटा छाया रहा।

टेलीग्राम कल आया था। स्वामीजी मौजूद नहीं थे, इसलिए सदानंद महाराज ने वह जरूरी टेलीग्राम खोलकर पढ़ा था। उस टेलीग्राम में स्वामीजी के प्रिय शिष्य गुडविन की मौत की खबर थी। सदानंद महाराज अपने आँसू रोक नहीं पाए। पिछला दिन ही विषाद भरा था।

गुडविन के बारे में अगर कहने पर आएँ तो बातों पर बातें, ढेरों बातें कही जा सकती हैं। स्वामीजी के अमेरिकी भक्तों ने महसूस किया कि उनके आचार्यदेव के अमूल्य उपदेशों का संग्रह और संरक्षण बेहद जरूरी है—सिर्फ अपने लिए ही नहीं, भावी पीढ़ी के लिए भी।

इसलिए न्यूयॉर्क के दो अखबार 'हेरॉल्ड' और 'वर्ल्ड' में स्टेनोग्राफर की माँग करते हुए श्रेणीबद्ध कर्मी के लिए विज्ञापन दिया गया।

विज्ञापन पढ़कर जो कई लोग हाजिर हुए थे, उनमें जोसिया जॉन गुडविन नामक अंग्रेज नौजवान अन्य तय था। उम्र पच्चीस, बदन पर स्मार्ट पोशाक, खूबसूरत ढंग से छँटे हुए बाल, ताव दी हुई मूँछें, बड़ी-बड़ी आँखें, जिज्ञासु दृष्टि।

काम में नियुक्त किए जाने के बाद धीरे-धीरे स्वामीजी को प्यार करने लगा। कई दिनों के अंदर ही यह वेतनभोगी कर्मचारी, एक निवेदिता-प्राण शिष्य में परिणत हो गया।

श्रुति लिपिक की नौकरी में रहते हुए गुडविन स्वामीजी के साथ चरखी की तरह अमेरिका, इंग्लैंड, यूरोप के शहरों का भ्रमण करते रहे। उन दिनों स्वामीजी सुबह-शाम दिन में दो-तीन क्लासें लेते थे।

पूरे हफ्ते भर में उनकी क्लासों की संख्या कम-से-कम 20 होती थी। कभी-कभी इससे भी अधिक ! हर रविवार को प्रश्नोत्तर पर्व आयोजित होता था। इसके साथ कारकान अलग से—स्वामीजी के कारकानों के साथ होड़ लेते हुए गुडविन 'कर्मयोग', 'भक्तियोग' और 'राजयोग' लिपिबद्ध किए रखते थे।

इस स्टेनोग्राफर ने अपने प्रिय स्वामीजी को कभी नहीं छोड़ा। पिछले वर्ष लगभग जनवरी महीने में गुडविन स्वामीजी के साथ भारत आ पहुँचे। लेकिन यहाँ की आबो-हवा से तालमेल रखने में उन्हें असुविधा हो रही थी। चूँकि वे विजातीय थे, इसलिए यहाँ के सुंदर-सुंदर मंदिरों में पैर रखने की अनुमति नहीं थी। इसलिए उनके मन में अभिमान जमने लगा। यही वजह दिखाकर उन्हें घर की रसोई में भी दाखिल होने की अनुमति नहीं थी। तब गुडविन अपना दिमाग ठिकाने नहीं रख पाते थे। दो-दो अभिमान समेटे वे बुदबुदा उठते थे—'भारत से तो इंग्लैंड ही भला!'

स्वामीजी की इच्छा थी कि वे अपनी एक पत्रिका निकालें। वे चाहते थे कि कलकत्ता से बँगला में एक पत्रिका निकाली जाए और मद्रास से अंग्रेजी में एक पत्रिका प्रकाशित की जाए। दूसरी पत्रिका के बारे में आलासिंगा पेरुमल से बातचीत भी हुई। मासिक पत्रिका के संपादक का दायित्व गुडविन को सौंपा जाए, इसकी जानकारी भी उन्होंने आलासिंगा को दे दी थी। वह पत्रिका प्रकाशित नहीं हो सकी। लेकिन स्वामीजी ने गुडविन को 'ब्रह्मवादिन' पत्रिका के कार्य से मद्रास भेज दिया। उस काम में शामिल होकर कार्य-दक्ष

गुडविन उस कार्य को करने में मगन हो गए। पत्रिका के कार्यों के साथ-साथ गुडविन वहाँ 'रामकृष्ण मठ' निर्माण के मामले में रामकृष्ण की भी मदद करते थे। 'ब्रह्मवादिन' पत्रिका में पाठकों की दिलचस्पी बढ़ाने के लिए गुडविन की उस पत्रिका में हर महीने स्वामीजी का कोई नया व्याख्यान प्रकाशित किया जाए। यहाँ के लोगों की काम में ढिलाई और धीमी गति से काम करने का स्वभाव देखकर कामकाजी इनसान गुडविन को भला नहीं लगता था। 'ब्रह्मवादिन' के कार्यों की सीमा में ही अटके रहना गुडविन के स्वभाव के विपरीत था। इसलिए उन्होंने 'मद्रास मेल' अखबार में पत्रकारिता का अतिरिक्त कार्य भी अपने जिम्मे ले लिया। उनकी युक्ति थी कि उससे उनकी आमदनी भी बढ़ेगी और स्वदेश में रह रही अपनी माँ को भी इस देश में ले आएँगे। अपना यह इरादा गुडविन ने मिसेज ऊली बुल को भी खत लिखकर बताया था।

ऐसी ढेर-ढेर बातें ही स्वामीजी को आज याद आती रहीं। स्वामीजी ने एक बार लंदन के थियोसोफिस्ट हॉल में निरामिष आहार पर व्याख्यान दिया था। गुडविन भी पूरी-पूरी तरह निरामिषभोजी हो उठा था।

किसी एक रात को खाने में मछली खाते देखकर गुडविन सवाल कर बैठा, "आप तो निरामिष के पक्ष में प्रचार करते हैं, निरामिष आहार पर भाषण देते हैं, फिर अभी आप मछली क्यों खा रहे हैं?"

स्वामीजी ने हँसते-हँसते जवाब दिया, "अरे भइया, महाराजिन मछली ले आई। अगर मैं नहीं खाता तो वह नाली में फेंक देती। मैंने न हो, अपने पेट में फेंक दिया। इसमें कोई दोष कहाँ से हो गया? संस्कृत में कहा गया है—'अहं न भोक्ता' मैं स्वयं कभी नहीं खाता। यह देह ही आधार है। इसमें ही सारी सामग्रियों की आहुति दी जाती है।" स्वामीजी की यह बात गुडविन को पसंद नहीं आई।

उन्होंने कुछ नाराजगी के भाव में कहा, "यह संस्कृत में आप क्या-क्या किड़ मिड़-किड़मिड़ बोल जाते हैं, मेरी समझ में ही नहीं आता।"

स्वामीजी जब उन्हें वेदांत में से पंक्तियों सुनाने लगते थे तो वे और भड़क जाते थे।

उन्होंने तैश भरे लहजे में कहा, "आप अपनी बातों से मुझे कहने से रोक रहे हैं। आप यह बताएँ कि आप मछली क्यों खा रहे हैं?"

शिष्य का गुस्से से तमतमाया चेहरा देखकर स्वामीजी को खासा आनंद आने लगा। किसी गंभीर भाव के जरिए नहीं, सरल बालक की तरह मंद-मंद मुसकराते हुए स्वामीजी ने उस दिन अपने शिष्य को नाराज कर दिया था।

…यही सब सोचते-सोचते स्वामीजी की आँखों से कई बूँद आँसू ढुलक पड़े।

मद्रास में चूँकि अत्यधिक गरमी पड़ती थी, इसलिए गुडविन ऊटी यानी ऊटकमंड चले आए थे।

बीस दिन पहले की बात है। गुडविन ने किसी का निषेध नहीं माना, जाहिल-गँवार की तरह मूसलधार बरसात में ही क्रिकेट मैच देखने चले गए। असल में वे क्रिकेट-प्रेमी थे, क्रिकेट के दीवाने! खेल देखकर जाकर के बारिश में खूब भीगे थे। खेल देखने के नशे में उन्होंने एक बार भी कोट नहीं बदला। अगले दिन उन्हें बुखार आ गया। उसी बुखार में वे विधान परिषद के सदस्य मिस्टर रस की शव-यात्रा में भी शामिल हुए। वहाँ वे दुबारा बरसात में भीगते रहे। उनका बुखार तेज हो गया।

उस मौसम में ऊटी की आबो-हवा बेहद बिगड़ी हुई थी। थोक भाव से इन्फ्लुएंजा, टायफाइड और दस्त रोग फैला हुआ था। 'मद्रास मेल' अखबार के कार्यालय में जाने किसने खबर दी कि 'गुडविन को बुखार है।' 'मद्रास मेल' के रिपोर्टर मिस्टर ब्रेमनर उसी दिन उन्हें देखने पहुँच गए। वहाँ जाकर उन्होंने देखा कि गुडविन का तन-बदन तेज बुखार से तप रहा है। वे बेसुध सो रहे हैं, आँय-बाँय बक रहे हैं। बिस्तर छोड़कर बार-बार उठकर बैठ जाते हैं। दवा वगैरह कुछ भी नहीं ले रहे हैं। उन्होंने तत्काल 'मद्रास मेल' कार्यालय को तार भेजा। वहाँ से खबर पाकर आलासिंगा पेरुमल गुडविन को देखने के लिए दौड़ पड़े। अगले दिन गुडविन को अस्पताल में दाखिल कराया गया। रात को वे चल बसे!

अपनी आँखों की कोटरों में झिलमिलाते हुए आँसू पोंछकर स्वामीजी ने निवेदिता के हाथ में थामे हुए रजिस्टर की तरफ देखते हुए पूछा, "तुम कुछ लिख रही हो, निवेदिता?"

स्वामीजी के हाथों में वह रजिस्टर थमाते हुए निवेदिता ने जवाब दिया, "कल दिन भर बार-बार गुडविन का खयाल आता रहा। उसका चेहरा आँखों में तैर रहा है…अभी भी विश्वास नहीं हो रहा है कि गुडविन नहीं रहा…!"

रजिस्टर के पन्नों पर नजरें घुमाते हुए स्वामीजी ने देखा कि एक पन्ने पर बिखरी-बिखरी सी कुछेक पंक्तियाँ लिखी हुई हैं। पंक्तियाँ त्रिपदी छंद में लिखी हुई थीं।

"निवेदिता, यह रजिस्टर कुछ देर मैं रख लूँ?" स्वामीजी ने पूछा।

निवेदिता ने सिर हिलाकर सहमति जताई।

स्वामीजी हाथ में वह रजिस्टर उठाए चाय की मेज से उठ आए और अपने कमरे में चले गए।

Soul…star…strewn path…blissfull…

पढ़ने की मेज के सामने बैठकर स्वामीजी ने उन अस्त-व्यस्त पंक्तियों को दुबारा नए सिरे से लिखा—

Speed forth, O soul! upon thy star-strewn path;
Speed, blissfull one! where thought is ever free,
Where time and space, no longer mist the view,
Eternal peace and blessing be with thee!
Thy service true, complete thy sacrifice,
Thy home the heart of love transcendent find;
Remembrance sweet, thay kills all space and time,
Like alter roses fill thy place behind
The bonds are broke, thy quest in bliss is found,
And one with that which comes as death and life;
Thou helpful one! unselfish e'er on earth,
Ahead! still help with love this world of strife!

कविता का नाम—'Requiescat in pace'।

उस कविता के अंत में स्वामीजी ने गुडविन की शोक-संतप्त माँ को पत्र में लिखा—"उनका ज़ितना मैं कर्जदार हूँ, वह कभी भी चुकाया नहीं जा सकता। मेरे कोई एक भी चिंतन या विचार पढ़कर अगर कोई शख्स लाभान्वित होता है तो यह जान लें कि उस चिंतन या विचार का एक-एक शब्द मिस्टर गुडविन की अथक और निस्स्वार्थ परिश्रम के सुफल से ही प्रकाशित हो सका है। मेरे लिए उन्हें खो देने का मतलब है फौलाद जैसे किसी सच्चे मित्र को खो देना। मैंने अपराजेय, भक्ति से संपूर्ण शिष्य को खो दिया है। मैंने ऐसे एक कर्मी को गँवा दिया है, जो नहीं जानता था कि थकान किसे कहते हैं और इस धरती पर मैने विरल मनुष्यों में से किसी ऐसे एक जन को खोया है, जो सदा-

सर्वदा ही दूसरों के लिए जीवन-धारण करते हैं। उन्हें खोकर पृथ्वी ने एक अनमोल संपदा खो दी है।''

पवहारी बाबा! उसके बाद गुडविन! एक के बाद एक मृत्यु-संवाद… ! अल्मोड़ा स्वामीजी के लिए असहनीय हो उठा।

11 जून, 1898

ठाकुर को गले का कैंसर हो गया था। कंठ-स्वर धीरे-धीरे क्षीण होता जा रहा है। उन्हें बात करने की मनाही है। मगर उन्हें बात करना बेहद प्रिय है। वे उनींदी नजरों से अपने आस-पास बैठे लोगों को निहारते रहते थे। उनकी आँखें देखकर लगता था जैसे वे कितनी-कितनी बातें कहना चाहते हों।

हाड़-हाड़ जर्जर देह! पसलियों की एक-एक हड्डियाँ गिनी जा सकती हैं। दिनों-दिन उनकी देह बिछावन में मानो चिपकती जा रही है। उनकी जीवनी शक्ति धीरे-धीरे कम होती जा रही है। अब तो वे अपने आप चलने-फिरने की ताकत भी खोते जा रहे हैं। जरा-जरा सो में उन्हें ठंड लग जाती है। इसलिए हमेशा उनकी बड़े एहतियात से देख-रेख करनी पड़ती है, बचा-बचाकर रखना पड़ता है, वरना उनकी खाँसी बढ़ जाती है। खाँसी के दौरे के साथ मुँह से मवाद, खून व कफ गिरने लगता है। इस समय रोगी के चेहरे की तरफ देखा नहीं जाता।

सेहत की पुष्टि के लिए उन्हें भात के साथ मांस या सीप का शोरबा दिया जाता है। भात गले के नीचे नहीं उतरता। खाने बैठते ही गले में दर्द की शिकायत करते हैं। इसलिए माँ खुद अपने हाथों से सुनुही में शोरबा उड़ेलकर उन्हें मिला देती हैं।

ठाकुर के संन्यासी संतान बारी-बारी से रात में जागकर उनकी सेवा करते हैं।

अंतिम समय में एक दिन ठाकुर खीर खाने की जिद ठान बैठे। दूध

उनको बिलकुल बरदाश्त नहीं होता था। फिर भी, उन्हें खीर खिलाया गया। वह खीर उनके गले से नीचे नहीं उतरा।

वैसे ठाकुर से मिलने के लिए बहुतेरे लोग आया करते थे। उनमें से बहुतेरे लोग उनके परम भक्त होते हुए भी उनके करीब आने से डरते थे। उन लोगों का खयाल था कि उनका रोग बेहद छुतहा है।

अभी उसी दिन उन्हीं लोगों में से किसी एक ने ठाकुर की खाई हुई खीर की कटोरी की बची-खुची खीर फेंक देने को कहा।

उसकी बात सुनकर स्वामीजी ने उस कटोरी की बची-खुची खीर खुद खा लिया और कहा, ''ठाकुर का प्रसाद अमृत है।''

कल स्वामीजी, निवेदिता और मैकलाउड से ठाकुर के बारे में इसी तरह की ढेर-ढेर बातें करते रहे थे।

आज स्वामीजी अल्मोड़ा चले जाएँगे। पहले वे काठगोदाम जाएँगे, वहाँ से भीमताल होते हुए पंजाब के रावलपिंडी जाने की बात तय है। बाद में वारामूला होकर कश्मीर! स्वामीजी के साथ निवेदिता और मैकलाउड के भी जाने की बात है।

स्वामी स्वरूपानंद ने आकर स्वामीजी से कहा, ''मिस्टर सेवियर मिलने आए हैं।''

तीन वर्ष हुए, 'अवेकेंड इंडिया' (प्रबुद्ध भारत) नामक एक सामयिक पत्रिका प्रकाशित होती रही है। उस पत्रिका के संपादन की जिम्मेदारी राजम अय्यर की थी। स्वामी के प्रोत्साहन पर वेदांतवादी इस नौजवान ने उस पत्रिका के संपादन के काम का संकल्प लिया था। पिछले वर्ष मई महीने में उनका निधन हो गया।

पत्रिका काफी खूबसूरत और आकर्षक ही निकल रही थी। इसी बीच इसके तीन हजार पाठक बन गए थे। स्वामीजी को भी यह पत्रिका काफी अच्छी लगी थी। लेकिन राजम की मौत के बाद वह पत्रिका बंद होने के कगार पर है।

स्वामीजी की इच्छा है कि पत्रिका विभिन्न भाषाओं में प्रकाशित की जाए और इन पत्रिकाओं के जरिए श्रीरामकृष्ण व वेदांत की वाणियों का प्रचार हो। वे दैनिक अखबार निकालने पर भी विचार कर रहे हैं। अभी कल ही नैनीताल के मुहम्मद सरफराज हुसैन को उन्होंने खत लिखा है—''मैं अपने

मानस–चक्षुओं से देख रहा हूँ, यह विवाद–विशृंखला–भेद भविष्य में पूर्णांग भारत बन जाएगा और वेदांती मस्तिष्क और इसलामी देह से संपन्न महा–महिमामय और अपराजेय शक्ति के साथ जाग–जाग उठा है।''

मिस्टर सेवियर ने स्वामीजी को अपना अभिप्राय बताया था कि वे भारत के कल्याण–कार्यों में व्रती होना चाहते हैं। भारतीय सेनावाहिनी का यह अफसर पाँच वर्ष काम करने के बाद इंग्लैंड वापस लौट गए थे। यूरोप से होते हुए स्वामीजी जब देश लौट रहे थे, तब उनके साथ सेवियर दंपती भी आए थे। भारत के अल्मोड़ा में बस जाना ही उनके आने का उद्देश्य था।''

स्वामीजी ने कहा, ''बँगलादेश की जलवायु तुम दोनों से बरदाश्त नहीं होगी।'' स्वामीजी चाहते थे कि मिस्टर सेवियर अल्मोड़ा के करीब ही कहीं बस जाएँ और 'प्रबुद्ध भारत' के आर्थिक संकट के मुहूर्त में पत्रिका के खर्च का जिम्मा वहन करने के मामले में स्वामीजी ने सेवियर दंपती से कह–सुनकर उन्हें राजी कर लिया। स्वामीजी नहीं चाहते कि 'प्रबुद्ध भारत' अखबार बंद हो जाए। संपादन के काम में स्वामी स्वरूपानंद काफी दक्ष हैं। उनके दायित्व में ही 'प्रबुद्ध भारत' नए रूप में प्रकाशित होगा। स्वामी तुरीयानंद अखबार के कामों में उनकी मदद करेंगे। 'थॉम्पसन हाउस' से अखबार का काम जारी रहेगा।

लेकिन नया अंक निकलने में अभी और दो महीने लगेंगे, इसी बात को ध्यान में रखकर काम शुरू हो गया है।

कुछ देर बाद स्वामीजी रवाना हो जाएँगे। मिस्टर सेवियर किसी जरूरी बातचीत के लिए मिलने आए हैं।

स्वामीजी ने मिस्टर सेवियर के हाथ में एक लिफाफा सौंपकर कहा, '' 'प्रबुद्ध भारत' के लिए मेरी रचना!''

लिफाफा खोलकर मिस्टर सेवियर ने देखा, कागज पर एक कविता लिखी हुई थी—

Once more awake!
For sleep it was, not death, to bring thee life
A new, and rest to lotus-eyes for vision
Dairy yet, the world in need awaits, O Truth!
No death for thee!
Resume thy march,

with gentle feel that would not break the
Peaceful rest even of the roadside dust
That lies so law. Yet strong and steady,
Blissful, bold and free, Awakener, ever
Forward! sheak thy strring words.
Thy home is gone,
Where loving hearts had brought thee up and
Wathed with joy thy growth.but fate is strong-
This is the low-all things come back to the source
They shrung,their strength to renew.
Then start afresh
From the land of thy birth,where vast cloud-betted
Snows do bless and put their strength in thee.
For working wonders new. They heavenly
River tune thy voice to her own immortal song;
Deodar shades give thee eternal peace
And all above
Himala's daughter uma,gentle, pure,
The mother that resides in all as power
And life, who works all works and
Maker of one the world, where mercy
Opens the gate to truth and shows
The one in all, give the untiring
Strength, which is inginite love.
They bless thee all,
The seers great, whom age nor clime
Can claim their own,the fathers of the
Race, who felt the heart of truth the same,
And bravely tought to man ill-voiced or
Well.there servent,thoui hast got
The secret-is hut one.
Then sheak,O Love!
Before thy gentle voice serene, behold how
Visions melt and fold on fold of dreams
Departs to avoid, till truth and truth alone

In all its glory shines-
And tell the world-
Awake, arise and dream no more!
This is the land of dreams, where karma
Weawers unthreaded garlands with our thoughts
Of flowers swet or noxious,and none
Has root or stem, being horn in nought,which
The softest breath of truth drives haek to
Primal nothingness.Be hold,fnce
The truth! Let vision cease,
Or, if you can not, dream but truer dreams,
Which are eternal Love and service free.

कविता का शीर्षक था—'To The Awakened India'।

मिस्टर सेवियर ने स्वामीजी की तरफ देखा। उन्होंने देखा कि स्वामीजी मंद-मंद मुसकरा रहे हैं। उनकी आँखों में दृढ़ विश्वास झलक रहा था।

12 जून, 1898

मौसम चूँकि विदा ले चुका था, इसलिए जंगली गुलाब नजर नहीं आए। हाँ, कामिनी फूल जरूर दिखते रहे।

"काव्य में इस फूल के नाम का उपयोग प्रचुरता से किया गया है।" स्वामीजी ने कहा।

सामने भीमताल झील! पहाड़ों से उतरा हुआ जल-प्रपात इस झील के किनारे बैठ गए।

सूरज पश्चिम दिशा में ढलने लगा है। दोपहर ढुलककर शाम में बहुत जल्दी आती है।

"असतो मा सद्गमय तमसो मा ज्योतिर्गमय
मृत्योर्मामृतः गमय
आविरावीर्म एधि रुद्र दक्षिणः मुखः

तेन माः पाहि नित्यम्।''

रुद्र संगीत की मूर्च्छना से निस्तब्धता टूट-बिखरकर किर्ची-किर्ची हो गई। स्वामीजी अपने मन की रौ में गा रहे हैं। उदात्त कंठ स्वर, अमृत ध्वनि बनकर चारों तरफ बिखर गया है। साक्षी बनी हैं कई-कई विदेशिनी!

सवाल सभी के मन में जागा है।

सिर्फ निवेदिता ने सवाल को जुबान दी, ''इस गीत का अर्थ क्या है?''

''मुझे असत्य से सत्य की ओर ले चलो, अंधकार से प्रकाश के पथ पर ले चलो, हे स्वप्रकाश ज्योतिःस्वरूप रुद्र! तुम मेरे सामने आविर्भूत हो; तुम्हारा जो करुणापूर्ण दक्षिण चेहरा है, उसके द्वारा मेरी नित्य रक्षा करो।'' अंग्रेजी में भावानुवाद करके स्वामीजी जरा ठिठक गए।

'आविरावीर्म एधि'—इस गंभीर भाव-द्योतक संस्कृत श्लोक का अंग्रेजी में अनुवाद करना सच ही मुश्किल है।

निवेदिता की ओर देखते हुए स्वामीजी ने कहा, ''हे रुद्र! तुम सिर्फ अपने निकट ही स्व-प्रकाशित हो, तुम हमारे निकट भी आत्मप्रकाश करो।''

मिस मैकलाउड और मिसेज अली बुल बगल में ही बैठी हुई हैं। त्रिसुपर्ण मंत्र की कई पंक्तियों की आवृति करके स्वामीजी ने सभी लोगों को सुनाईं।

और कुछ देर बाद ही साँझ उतर आएगी। साँझ उतरने से पहले ही उन लोगों को डाक बँगला पहुँचना है। थोड़ी दूर और पैदल-पैदल चलना है।

स्वामीजी घोड़े की पीठ पर सवार हो गए। बाकी अन्य लोग भी अलग-अलग अपने-अपने घोड़ों पर चढ़कर बैठ गए।

पहाड़ी पर खड़े ऊँचे-ऊँचे पेड़ों की सुदीर्घ छाया सड़क पर बिछी हुई। अँधेरे-उजाले बढ़ रहे थे। घनी निस्तब्धता के बीच जल-प्रपात की लगातार झर-झर आवाज सुनाई दे रही थी।

स्वामीजी अपने मन की रौ में गा रहे हैं—''प्रभु, मेरे अवगुण चित ना धरौ।''

यह सूरदास का भजन है। भैरवी राग में, ठुमरी चाल में! यह गीत उन्होंने खेतड़ी के महाराज के प्रासाद में पन्ना बाई की आवाज में सुना था!

उनके संगियों के मुँह में जैसे जुबान ही न हो, निस्तब्ध रहना ही मानो इस परिवेश का तकाजा हो।

स्वामीजी गाते रहे—''समदरसी है नाम तिहारो, चाहो तो पार करौ।''

4 जुलाई, 1898

शंकर पर्वत का और एक नाम है—तख्त-ए-सुलेमान। समतल भूमि में प्राय: एक हजार फीट ऊँचे इस पहाड़ से कश्मीर घाटी बेहद खूबसूरत नजर आती है। यहाँ से आँकी-बाँकी बहती हुई डल झील भी नजर आती है।

लहर-लहर करके एक अमेरिकी झंडा भी फहरा रहा है। अनाड़ी हाथों से तैयार की गई ध्वजा नाव के ऊपर कील से जड़ दी गई है। झील के जल में तैरती हुई नाव, चिर-श्यामल पेड़ों की डाल और फूलों से सजी हुई! उत्सव-उत्सव भाव! आज 4 जुलाई है, अमेरिका का स्वतंत्रता दिवस।

स्वामीजी बहुत पहले ही नाव में आ बैठे थे। उनके हाथ में एक कॉपी, कॉपी में लिखी हुई एक कविता, अपने मन की रौ में हाथ में कलम थामे वे एडिट कर रहे थे। उन्होंने कविता का एक शब्द काटकर उसकी जगह कोई नया शब्द बैठा दिया।

मिसेज पीटरसन के साथ मिसेज अली बुल, मिस मैकलॉउड और निवेदित नाव पर आ पहुँचीं। उन सबने स्वामीजी को सुप्रभात ज्ञापित किया।

स्वामीजी ने मुसकराते हुए जवाब दिया, ''गुडमॉर्निंग एवरीबॉडी। तुम लोगों के स्वतंत्रता-दिवस पर तुम लोगों का स्वागत है।''

नाव को इतनी सजी-धजी व सुसज्जित देखकर सभी खुश हुई।

नाव में कप-डिश पहले से ही रखी हुई थीं। कोई एक कशमीरी लड़की केतली में चाय दे गई। अपने हाथों सबको साथ पिलाने के लिए स्वामीजी खुद ही आगे बढ़ आए।

मीनाकारी किए हुए एक बरतन की ओर इशारा करते हुए कहा, ''इसमें मुरब्बा रखा हुआ है। बाद में दूँगा। लो, अभी चाय पी लो।''

वह लड़की दुबारा आई और सबके लिए गुच्छे-गुच्छे रंग-बिरंगे फूल दे गई। साथ ही सेब और चेरी फलों की डलिया रख गई।

स्वामीजी के निर्देश पर कश्मीरी मल्लाह नाव खेने लगा। नाव झील के

शांत जल पर तैरती हुई आगे बढ़ने लगी। करीब पंद्रह दिनों पहले भूस्वर्ग देखने के लिए यात्रा शुरू हुई थी। चूँकि विदेशी महिलाएँ स्थानीय भाषा नहीं जानती थीं, इसलिए बारामूला में स्वामीजी को ही नाव की तलाश में निकलना पड़ा।

सात-आठ दिन पहले वे लोग क्षीरभवानी के मंदिर में गए थे। पत्थर की रेलिंगों से घिरे उस छोटे से झरने का जल दूधिया-श्वेत था। सैकड़ों धर्म-अभिलाषी तीर्थ-यात्रियों की भीड़।

उसी ओर सभी संगिनियों की दृष्टि आकर्षित करते हुए स्वामीजी ने कहा, ''देखो, मंदिर के लिए स्थान-निर्वाचन के बारे में हिंदू कितने दक्ष थे। सभी मंदिर प्रायः ऐसी जगहों पर स्थित हैं, जहाँ देखने में बेहद भव्य और दिव्य लगते हैं।''

सैर पर निकलकर स्वामीजी अपनी विदेशी शिष्याओं से गपशप करते हुए चलते रहते थे।

कल निवेदिता ने ही बात छेड़ी थी।

उन्होंने शिकायत के लहजे में कहा, ''यहाँ अमेरिका का कहीं कोई राष्ट्रीय झंडा नहीं है। अगर होता तो नाश्ते के समय हमारे दल के अमेरिकी यात्री अपने इस राष्ट्रीय त्योहार का अभिनंदन कर पाते।''

यह बात स्वामीजी के कानों में भी पड़ी थी। वे शाम को ही बाहर निकले और किसी कश्मीरी दर्जी को अमेरिकी झंडा तैयार करने का ऑर्डर दे आए। झंडे का रंग और डिजाइन उन्होंने अपने हाथों से आँककर समझा भी दिया। दर्जी वह झंडा तैयार करने आज सुबह पहुँच भी गया था।

स्वामीजी ने कहा, ''न आज के दिन को यादगार बनाने रखने के लिए मैंने एक कविता भी लिखी है। तुम लोग सुनोगे?''

सभी लोग समवेत स्वर में बोल उठे, ''जरूर! जरूर!''

पिछली शाम से ही स्वामीजी का मन कविता के भावों से ओत-प्रोत था। वे एक प्रश्न का उत्तर खोजने में डूबे हुए थे—मुक्ति क्या है? उत्तर की तलाश में वे अपनी अंतश्चेतना की अली-गली में घूमते-भटकते उन्हें अनुभूति हुई कि मुक्ति ही आनंद है और आनंद ही ईश्वर है। इस उपलब्धि ने उड़ते हुए बादलों की तरह अपरूप छंद-चित्र तैयार कर दिया।

झील की निर्जन जलराशि को चीरती हुई पत्र-पुष्प शोभित नाव आगे

बढ़ती रही। स्वामीजी की आवृत्ति गूँज उठी—

Behold, the darkcloud melt away,
That gathered thick at night and hung
So like a gloomy fall above the earth!
Before thy magic touch, the world
Awakes.The the bird in chrus sing.
The flowers raise their star-like crowns-
Dew-set, and wave the we, come fair.
The lakes are opening wide in love
There hundred thousand lotus eyes
To welcome the, with all their depth.
All haic to thee , thoui lord of light!
A welcome new of thee, today,
Oh sun! Today thoui sheddest liberty!
Be think the how the world did wait,
And search for thee, through time and clime.
Some gave up home and love of friends ,
and went in guest of thee, self-banished,
Through dreary oceans, through hrimeral forest,
Each step a struggle for their live or death;
Then come the day when work hore fruits,
And worship , love and sacrifice,
Fulfiled, accepted , and complete.
Then there, propitious, rose to shed
The light of fredom on mankind.
Move on, oh lord, in thy resistless path!
Till thy high noon O'er spreads the world.
Till every land reflects thy light,
Behold their shackles broken and
Know, in springing joy, their life renewed!

कविता को नाम दिया—'To the fourth of july'।

शांत पहाड़ की बगल में झील। कोई फिरोजी रंग का पाखी पानी को छूकर उड़ गया।

17 सितंबर, 1898

तबीयत ठीक नहीं है। अवसाद व दुःख अब अकसर ही स्वामीजी के मन पर सवार होने लगा है। सुबह से ही उनके विचारों के आकाश पर घूम-फिरकर राजा अजित सिंह की यादों को लौटा लाता है। खेतड़ी का जिक्र···

राजस्थान का एक पथरीला राज्य—खेतड़ी। दोनों ओर रेत-ही-रेत, रेतों का ढेर। सुदूर अरावली पर्वत। टूटी-फूटी सड़कों पर कंकड़-पत्थरों से लदी ऊँट-गाड़ी! एकरस, उबाऊ रेत और ऊपर-नीची सड़कें। ···जयपुर से खेतड़ी जाने का यही एक रास्ता है।

वहाँ के राजा अजित सिंह। उन्होंने एक बंगाली संन्यासी स्वामी विवेकानंद से दीक्षा ली थी। अपने गुरु से उन्होंने पक्के तौर पर स्वामी विवेकानंद और लबादे के साज से लज्जित करके इसी राजा ने जहाज में फर्स्ट क्लास की टिकट खरीद दी थी।

प्रासाद परिसर में फूलों का बाग और एक ओर टेनिस कोर्ट पोलो ग्राउंड। तीसरी मंजिल की छत पर खड़े-खड़े स्वामीजी राजा को टेनिस खेलते हुए देखते रहते हैं। कभी-कभी उनका भी मन होता है कि हाथ में रैकेट लेकर वे भी कोर्ट में उतर पड़ें। लेकिन तबीयत साथ नहीं देती।

जोधपुर, जयपुर, जैसलमेर, बीकानेर, चित्तौड़···यहाँ अनगिनत दुर्ग हैं। खेतड़ी से 4 किलोमीटर दूर पर यहाँ के राजाओं का किला स्थित है—भोपालगढ़ किला। हाथियों के हमले रोकने के लिए बड़ी-बड़ी कीलों में जड़ा लोहे का फाटक, तोपखाना! अंदर विशाल दरबार! रानी महल। उस किले की छत पर किस्म-किस्म के रंगीन फ्रेस्को। चूरु, झुंझनू, बिसाड़—यहाँ की शेखावती पेंटिंग हैं।

यही सब सोचते-सोचते स्वामीजी मन-ही-मन हँस पड़े।

शिकागो में विवेकानंद की अपूर्व सफलता के बाद कलकत्ता में एक नागरिक सम्मेलन हुआ। कलकत्ता हाई कोर्ट के न्यायाधीश सर गुरुदास

बंद्योपाध्याय से उस सम्मेलन का सभापति बनने का अनुरोध किया गया।

उन्होंने लोगों का अनुरोध साफ-साफ ठुकराते हुए सवाल किया, "कायस्थ का बेटा एकदम से संन्यासी कैसे हो गया?"

अंत में उत्तरपाड़ा के राजा प्यारे मोहन मुखोपाध्याय ने उस सम्मेलन का सभापतित्व किया। वैसे उन्होंने बीच की राह अपनाई थी। उस संन्यासी को उन्होंने 'स्वामी विवेकानंद' नहीं कहा। उन्होंने कहा, 'ब्रदर विवेकानंद'।

अपनी मातृभूमि कलकत्ता शहर के विद्वत् समाज में संन्यासी विवेकानंद के जात-कुल-गोत्र को लेकर जो संशय तैयार हुआ था, राजपूत राजा अजित सिंह के राज्य में वैसा नहीं हुआ।

'फतह विलास' प्रासाद से कुछ ही दूर पर एक विशाल पुष्करिणी थी—पन्ना शायर। पुष्करिणी के अंदर तक प्रशस्त सीढ़ियाँ उतर गई थीं। करीब ही राजस्थानी छतरी। एक तरफ हरा-भरा मैदान। पिछले वर्ष दिसंबर की 12 तारीख को इसी मैदान में स्वामीजी को अभ्यर्थना दी गई थी। विराट् जलसे का आयोजन किया गया था और काफी धूमधाम से भोज दिया गया था।

संन्यासी होने के बावजूद मदद माँगने में उन्हें बूँद भर भी संकोच नहीं होता था।

सेहत ठीक करने के लिए स्वामीजी इन दिनों कश्मीर में हैं। वहाँ के न्यायाधीश ऋषिवर मुखोपाध्याय के घर में वे मेहमान बनकर ठहरे हैं। उस मकान के एक निर्जन-एकांत कमरे में टूटे-फूटे मन से वे खेतड़ी के राजा को खत लिखने बैठे। उन्होंने लिखा—

> "महामान्य महाराजा, यहाँ दो हफ्ते तक मैं बेहद बीमार पड़ गया था। अब मैं ठीक हो गया था, बिलकुल स्वस्थ! असल में मुझे कुछ रुपयों की जरूरत पड़ गई है। हालाँकि मेरे अमेरिकी मित्रों ने मेरी मदद के लिए अपनी औकात भर सबकुछ किया है; लेकिन हर समय, हर बार उनके सामने हाथ फैलाने में मुझे संकोच होता है, खासकर मेरी बीमारी की वजह से खर्च वगैरह बढ़ गया है। इस दुनिया में सिर्फ एक प्राणी ही ऐसा है, जिससे कुछ माँगने में मुझे कोई झिझक नहीं होती और वे हैं आप। आप कुछ दें या न दें, मेरे लिए दोनों बराबर है। अगर संभव हो तो कृपा करके रुपए भेज दें। आप कैसे हैं? अक्तूबर महीने के बीच मैं कश्मीर से चला जाऊँगा।"

12 अक्तूबर, 1898

विश्वामित्र ने वसिष्ठ के सौ पुत्रों की हत्या की थी। पुत्र-शोक से संतप्त, ऋषि वसिष्ठ और उनकी पत्नी अरुंधती पर्णकुटीर में दिन व्यतीत कर रहे थे। एक दिन शाम को वे अपने मुख्य प्रतिद्वंद्वी विश्वामित्र का एक अमूल्य ग्रंथ बड़े ध्यान से पढ़ रहे थे।

कुटीर में प्रवेश करके अरुंधती ने कहा, 'देव, आज चंद्र की कैसी उज्ज्वल शोभा है!'

ऋषि ने उस ओर बिना देखे ही उत्तर दिया, 'प्रिये, विश्वामित्र की प्रतिमा इसके मुकाबले दस हजार गुना अधिक उज्ज्वल है।'

वसिष्ठ सबकुछ भूल गए थे। सौ पुत्रों का निधन, अपना अपमान, क्लेश—सबकुछ विस्मृत हो गया था और वे अपने शत्रु की प्रतिभा की प्रशंसा में तन्मय थे।

स्वामीजी ने कहा, ''हम लोगों का प्रेम भी उसी प्रकार का होना चाहिए, जैसा प्रेम वसिष्ठ का विश्वामित्र के प्रति था। उसमें व्यक्तिगत भला-बुरा लेशमात्र भी नहीं था।''

स्वामीजी अकेले ही क्षीर भवानी मंदिर के दर्शनों के लिए गए थे। उनका निर्देश था कि कोई उनके पीछे-पीछे न आए। कई दिनों बाद वे कुछ दर्शन करके लौट आए। वे अपने साथ हलदी रंग के गुच्छे भर फूल भी ले आए थे।

सबके माथे से उन फूलों का स्पर्श कराते हुए उन्होंने कहा, ''यह माला मैंने देवी मैया को निवेदन की थी। अब हरि ॐ नहीं, अब माँ-माँ!''

बाद में जरूर सब लोगों को साथ लेकर क्षीरभवानी के मंदिर में गए थे।

पिछले दिन बुल व मारग्रेट को साथ लेकर स्वामीजी बारामूला आ पहुँचे।

नाश्ते की मेज के सामने बैठकर स्वामीजी आज जरा अन्यमनस्क हैं।

स्वामीजी ने कहा, "मेरा स्वदेश-प्रेम बह गया है। मेरे पास जो कुछ भी था, सब चला गया। अब केवल माँ, माँ!"

क्षीरभवानी मंदिर के दर्शनों के बाद से वे प्रायः ही मातृभाव में विभोर रहते हैं।

थोड़ा रुककर स्वामीजी ने फिर कहा, "मुझसे बहुत बड़ी गलती हो गई। देवी माँ ने मुझसे कहा, 'हालाँकि म्लेच्छ लोग मेरे मंदिर में घुसकर मेरी प्रतिमा अपवित्र करते हैं, लेकिन तुझे क्या फर्क पड़ता है! तू क्या मेरी रक्षा करता है? या मैं तेरी रक्षा करती हूँ?' ऐसा कहा उन्होंने।"

मातृभाव में विभोर होकर स्वामीजी ने अपनी बात जारी रखी, "अब मेरी कोई कामना नहीं है। अब मैं सिर्फ गंगा-तट पर मौनी, कोपीनधारी परिव्राजक का जीवन-यापन करना चाहता हूँ। अब मुझे किसी चीज की जरूरत नहीं है। तुम लोगों का स्वामी सदा-सर्वदा के लिए मर गया। मैं जगत् को शिक्षा देनेवाला कौन होता हूँ? यह तो केवल प्रलाप और निरर्थक अहंकार है। जगन्माता को मेरी जरूरत नहीं है, मुझे ही जगन्माता की जरूरत है। ...निष्काम कर्म भी माया के अलावा और कुछ नहीं है। प्रेम ही एकमात्र पथ है।"

स्वामीजी की आँखों से भावावेग के आँसू झरते रहे। सभी भक्ति-विस्मित! इतना कुछ कहने के बाद भी स्वामीजी थमे नहीं, वे आवृत्ति करते रहे—

The stars are blotted out,
The clouds are covering clouds,
It is darkness vibrant, sonant.
In the roaring, whirling wind
Are the souls of a million lunatics
Just loose from the hrison-house,
Wrenching trees by the roots,
Sweeling all from the path.
The sea has joined the fray,
And swirls up mountain-waves
To reach the pitchy sky.
The flash of lurid light

Reveals on every side
A Thousand, thousand shades
Of Death begrimed and black—
Scattering palyes and sorrows,
Dancing mad with joy,
Come, Mother, come!

जरा थमकर स्वामीजी ने कहा, "सब वर्ण-वर्ण में सत्य समाया हुआ है। देवी माँ उपस्थित हैं! मैंने मृत्यु को देखा है।"

स्वामीजी की आवाज फिर गूँज उठी—

"For Terror is Thy name,
Death is in Thy breath,
And every shaking step
Destroys a world for e'er.
Thou 'Time' the All destroyer!
Come, O Mother, Come!
Who dares misery love,
And hug the borm of Death,
Dance in Destruction's Dance,
To him the Mother Comes."

उसी समय फल बगीचा का एक बालक कमरे में पत्ते समेत नाशपाती का फूल मेज पर रखकर चला गया।

जो ने मेज से वह फूल उठा लिया।

वह फूल घुमा-फिराकर निरखते-निरखते उसने कहा, "स्वामीजी, पूजा के लिए ही फूलों की रचना हुई है, क्योंकि इनमें फल नहीं आएँगे।"

लेकिन उसकी बातों की ओर स्वामीजी का ध्यान नहीं था। वे अद्भुत स्थिर दृष्टि से बस देखते रहे। ऐसा लगा मानो वे किसी अन्य भाव-जगत् से विराज रहे हों।

जो से भी वे फूल स्वामीजी बारहमूला छोड़कर लाहौर जाने वाले हैं।

दोपहर ढल चुकी है, शाम उतर आई है।

स्वामीजी गंभीर। कुछ ही देर में वे यहाँ से विदा लेने वाले हैं। मुसलमान सरदार माँझी की चार वर्षीया नन्हीं बेटी सिर पर लादे हुए एक बार कोश ताजे फल ले आई थी। स्वामीजी ने उस शिशु-कन्या की उमा के रूप में नीले फूल

अर्पित करके कभी उसकी पूजा की थी।

यह बच्ची अपने नन्हे-नन्हे पाँवों से चलती हुइ स्वामीजी के ताँगे की तरफ बढ़ आई। उसने फलों का बारकोश ताँगे पर रख दिया।

ताँगा आगे बढ़ने लगा। वह बच्ची भी ताँगे के साथ-साथ चलती रही। स्वामीजी ताँगे के अंदर बैठे हुए। ताँगे की गति के साथ उनकी देह भी हिलती-डुलती रही। वह बच्ची एकाएक ठिठक गई। वह आते हुए ताँगे की तरफ एकटक देखती रही।

अक्तूबर 1898, दुर्गाष्टमी

स्वामीजी बाग बाजार माँ के घर आ पहुँचे। उनके साथ हैं स्वामी ब्रह्मानंद, प्रकाशानंद! बिमलानंद महाराज भी आए हैं।

कई दिनों पहले ही स्वामीजी कश्मीर से बेलूर लौटे हैं।

राखी-पूर्णिमा के दिन स्वामीजी अमरनाथ के दर्शनों के लिए गए थे। तुषारलिंग उन्हें साक्षात् शिव जैसा लगा। दर्शन के बाद उन्होंने अपनी अनुभूति व्यक्त की। उन्होंने कहा कि शिवलोक के समस्त द्वार मानो उनकी आँखों के सामने खुल गए हों।

अमरनाथ में कोई पंडा नहीं है। भगवान् को लेकर कोई व्यवसाय नहीं होता। वहाँ हर ओर पूजा-भाव विराजमान रहता है। अन्य किसी तीर्थस्थल में स्वामीजी ने इतना आनंद महसूस नहीं किया था।

स्वामीजी ने निवेदिता को बताया कि उन्हें अमरनाथ से इच्छा मृत्यु का वरदान प्राप्त हुआ है।

लाहौर से कराची हरिपद मित्र के घर जाना तय होने के बावजूद चूँकि स्वास्थ्य और मन साथ नहीं दे रहा था, इसलिए वे वापस लौट आए। खत लिखकर उन्होंने हरिपद बाबू को जानकारी दे दी कि कश्मीर में उनकी सेहत बिलकुल ही टूट गई है और पिछले नौ वर्षों से उन्होंने दुर्गा-पूजा नहीं देखी, इसलिए वे कलकत्ता वापस लौट रहे हैं।

कमरे में दाखिल होकर स्वामीजी ने माँ ठकुराइन को साष्टांग प्रणाम किया। स्वामीजी के माथे पर हाथ रखकर माँ ने उन्हें आशीर्वाद दिया।

माँ का स्पर्श पाकर स्वामीजी ने अभिमान के लहजे में कहा, ''माँ, ऐसे तो हैं तुम्हारे ठाकुर! कश्मीर में एक फकीर का चेला मेरे पास आने-जाने लगा, इसलिए उसने अभिशाप दे डाला कि तीन दिनों के अंदर अपने पेट की बीमारी समेत मुझे यह जगह छोड़कर विदा लेनी होगी और हुआ भी यही। तुम्हारे ठाकुर कुछ भी नहीं कर पाए।''

माँ ने कहा, ''विद्या! विद्या को तो मानना ही पड़ता है। बच्चे, वे लोग यहाँ तोड़ने नहीं आते। हमारे ठाकुर तो छींक, छिपकिली तक को मानते थे। सुना है, शंकराचार्य तक ने अपने शरीर में व्याधि ग्रहण की थी। तुम तो जानते हो, अपने चचेरे बड़े भाई के श्राप से ठाकुर के मुँह से खून आने लगा था। तुम्हारी देह को रोग लगाना और ठाकुर को रोग लगाना एक ही बात है।''

स्वामीजी का अभिमान अभी तक गया नहीं। वे माँ की बात मानने को राजी ही नहीं हैं।

माँ ने हँसकर कहा, ''माने बिना और कोई उपाय भी क्या है, बच्चे? तुम्हारी चुटिया तो उनसे बँधी हुई है जी!''

माँ की बातों के लिए स्वामीजी के पास कहने को कुछ भी नहीं रहा। उनकी आँखों से आँसू बहने लगे। स्वामीजी ने माँ को प्रणाम किया।

13 नवंबर, 1898

निवेदिता अधीर आग्रह से प्रतीक्षारत हैं। आ गए। बस, आ ही गए। कहीं खट् की आवाज होते ही निवेदिता देखने दौड़ पड़ती हैं। उन्होंने देखा कि एक बच्ची दरवाजे की दरार में झाँककर एकबारगी भाग खड़ी हुई।

आज रविवार है, काली-पूजा! 16 नवंबर बोसपाड़ा लेन में स्थित किराए के मकान में ठाकुर श्रीरामकृष्ण के नाम एक विद्यालय खुलने वाला है। नए स्कूल का नाम होगा—रामकृष्ण स्कूल फॉर गर्ल्स। विद्यालय की प्राण-प्रतिष्ठा

के लिए बस आने ही वाली हैं।

स्वामीजी इन दिनों बेरीनाग में हैं। अँधेरी रात, चारों तरफ घना जंगल! स्वामीजी लोगों ने पहाड़ के ढलान पर एक और तंबू गाड़ दिया है। उसी तंबू के सामने जलती हुई अलाव को चारों तरफ से घेरकर बैठे हुए थे।

अचानक निवेदिता से मुखातिब होकर स्वामीजी ने पूछा, ''क्या बात है, आजकल तुम अपने स्कूल के बारे में कोई जिक्र नहीं करतीं? तुम क्या बीच-बीच में अपने स्कूल को भूल जाती हो?''

निवेदिता अचकचा गईं। इससे पहले स्वामीजी के सामने कई बार स्कूल के निर्माण का जिक्र छेड़ा भी, मगर स्वामीजी हमेशा खामोश रहे।

वैसे निवेदिता को इसकी जानकारी नहीं थी कि कई दिनों पहले ही स्वामीजी ने स्वामी ब्रह्मानंद को खत लिखा था—''चाहे जैसे भी हो, कलकत्ता में निवेदिता का बालिका विद्यालय खड़ा करना ही होगा।''

बहरहाल, स्वामीजी की आवाज सुनकर निवेदिता दौड़कर अपने कमरे से बाहर निकल आईं। उन्होंने देखा, माँ आई हैं। साथ में गुलाब माँ और योगीन माँ! पीछे-पीछे स्वामीजी, स्वामी ब्रह्मानंद और स्वामी शारदानंद!

स्वामीजी का चेहरा आज खुशी से चमक रहा था। कमरे में कदम रखते ही स्वामीजी ने निवेदिता से पूछा, ''क्यों भई, विद्यालय के बारे में क्या सोचा है तुमने?''

निवेदिता ने जवाब दिया, ''अभी तो मुझे किसी मददगार की जरूरत नहीं है। सारा काम अभी मामूली तरीके से ही शुरू होगा, और बच्चे जैसे अक्षर-अक्षर जोड़कर पढ़ना सीखते हैं, मैं भी उसी तरह धीरे-धीरे अपने कार्यों की व्यवस्था तय कर लूँगी। इसके अलावा, मेरी इच्छा है कि इस शिक्षा में एक निर्धारित धर्म-भाव भी मौजूद रहेगा। मुझे लगता है कि सांप्रदायिक भाव विशेष उपयोगी होगा।''

स्वामीजी काफी मन लगाकर निवेदिता की बातें सुनते रहे। निवेदिता ने कमरे की दीवार पर ठाकुर श्रीरामकृष्ण का एक बड़ा सा पट झुला रखा था। उसके नीचे दुनिया के एक मानचित्र की पूजा को प्राधान्य देने का संकल्प लिया था।

ठाकुर की तसवीर की ओर देखते हुए स्वामीजी ने पूछा, ''उत्साह कायम रखने के लिए कि क्या तुम सांप्रदायिक भाव शामिल करना चाहती हो?''

निवेदिता की परिचिता कोई ब्राह्म महिला उनके स्कूल में काम करना चाहती थीं। स्वामीजी ने यह प्रस्ताव खारिज कर दिया। उन्हें आशंका थी कि परवर्ती समय में संघर्ष अवश्यंभावी है। उनकी इच्छा है, निवेदिता हिंदू समाज में शामिल होकर आत्मयोग करे।

पिछले दिन माँ बेलूर मठ गई थीं। वहाँ अपने हाथों में उन्होंने ठाकुर श्रीरामकृष्ण की पट-पूजा की थी। शाम को ही वे बाग बाजार वापस लौट आई थीं। आजकल के 10/2, बोसयाड़ा लेनवाले मकान में रहती हैं। स्वामीजी कल ही माँ के साथ कलकत्ता चले आए थे। स्वामी ब्रह्मानंद और स्वामी शारदानंद भी उनके साथ लौट आए थे।

पिछले दिन बलराम बसु के दुमंजिले घर के हॉल-घर में नए स्कूल के उपलक्ष्य में एक सभा का आयोजन किया गया है। वहाँ मास्टर साहब, सुरेश दत्त, हरमोहन दत्त वगैरह बहुतेरे प्रमुख लोग मौजूद थे। निवेदिता ने सभी लोगों को अपने-अपने घरों की बेटियों को इस स्कूल में भेजने का अनुरोध किया। उस समय स्वामीजी जाने कब तो आकर दर्शकों की पिछली पंक्ति में बैठ गए, निवेदिता ने खयाल ही नहीं किया।

स्वामीजी ने हँसते-हँसते कई लोगों को कुहनियाकर कहा, ''उठ, उठ! चल, उठ जा। बेटी का सिर्फ बाप होने से नहीं चलेगा। चल, उठकर बोल तो सही, आवेदन का प्रत्युत्तर तो दे! कहो, ''हाँ, हम सब राजी हैं। हम सब अपनी-अपनी बेटी तुम्हें देने को राजी हैं। हम अपनी बेटी तुम्हें देने को राजी हैं। हम देंगे अपनी बेटी!''

कोई कुछ बोलने की हिम्मत कर पा रहा था। स्वामीजी ने हरमोहन से जिद करते हुए कहा, ''तुझे देती ही होगी रे।''

स्वामीजी ने उठकर खड़े होते हुए कहा, "Well, Miss Noble, this gentleman offers his girl to you."

''ये साहब अपनी बेटी आपको देते हैं।''

यह सुनते ही निवेदिता खुशी से नाच उठीं।

''फिलहाल पाँच लड़कियों को लेकर कल से स्कूल शुरू हो जाएगा।''

निवेदिता ने पहले से ही पूजा के फूल सहेजकर रख छोड़े थे।

माँ बेहद धीरे-धीरे बोलती थीं। वे धीर-गंभीर, शांतमयी महिला थीं यह उनका सहज स्वभाव था।

ठाकुर के चरणों पर फूल अर्पित करके माँ ने उन्हें प्रणाम करके कहा, "मेरी प्रार्थना है कि इस विद्यालय पर जगन्माता के आशीर्वाद की वर्षा होती रहे और यहाँ से शिक्षा प्राप्त लड़कियाँ आदर्श बनें।"

माँ की बगल में खड़ी गुलाब माँ माँ के मुखारविंद से भरते आशीर्वचन को स्पष्ट भाव से दोहराती रहीं। मंत्रमुग्ध निवेदिता की आँखें खुशी से छलछला उठीं।

1 दिसंबर, 1898

मन कमजोर पड़ता जा रहा है, हताशा घिरती आ रही है। विदेश से वापस लौट आने के बाद से ही स्वामीजी की सेहत काफी तेजी से टूटती जा रही है। उनके तन-बदन में विविध रोगों ने घोंसला बना लिया है। सेहत की टूटन कभी-कभी मन पर भी अपना असर डालने लगी है। इन दिनों वे बेलूर में रह रहे हैं।

स्वामीजी को अहसास हो गया है कि अब वे ज्यादा दिन नहीं जीनेवाले। ज्यादा दिन वे नहीं बचेंगे। इन दिनों अकसर ही उन्हें अपनी गर्भधारिणी माँ की याद आने लगती है। माँ का खयाल आते ही उनके मन को बेतरह चिंता-फिक्र घेर लेती है। उनके दोनों भाई अभी भी कमाई-धमाई में सक्षम नहीं हुए। उनके घर में आय के नाम पर कुछ भी नहीं है। ऊपर से पारिवारिक मामले-मुकदमे। बीच-बीच में वे खुद ही अपने को दोष देने लगते हैं। स्वामीजी को लगता था कि उन्होंने अपनी माँ को बेतरह कष्ट दिया है। वे जो अपना घर छोड़कर चले आए, ऐसा करके उन्होंने अपने पूरे परिवार को सर्वनाश की ओर धकेल दिया। अपने कुचक्री रिश्तेदारों का खयाल आते ही उनका मन भयंकर खौफ से भर जाता है। उनके मन में सवाल उठने लगता है कि लोभ-लालसा की अँधेरी गुफा में उनका परिवार अपना घर-बार गँवाकर कहीं अतल में डूब तो नहीं जाएगा? स्वामीजी को लगता था कि पिता के देहांत के बाद घर के बड़े बेटे के रूप में वे अपने किसी दायित्व,

किसी कर्तव्य का पालन करने में अक्षम रहे। उनके अपराधों का कहीं कोई अंत नहीं है। उनके मन में पाप-बोध जाग उठा है और तब वे अपने को सही नहीं रख पाते।

ऐसे पलों में उन्हें किसी और राज्य में बसे अपने किसी मित्र की याद आने लगती है। उन्होंने अपने उसी मित्र को पत्र लिखा। उस पत्र में उन्होंने अपनी दुर्भावना के बारे में अपना दिल उलेड़कर लिखा—

''माननीय महराज, आज मैं महाराज के सामने मैं अपनी किसी परम जरूरत के बारे में बखान पेश कर रहा हूँ। आपको मैं अपनी जिंदगी का एक मित्र समझता हूँ और आपके सामने अपना मन खोलकर बताने में तिल मात्र भी झिझक नहीं है मुझे। अगर आपकी नजर में मेरे इन वक्तव्यों की कोई कीमत, कोई महत्त्व हो तो भला, वरना दिन-सुलभ क्षमा द्वारा मेरी मूर्खता को आप भूल जाएँ।

''आप जानते हैं कि विदेश से लौटने के बाद से ही मैं लगातार बीमारी भोग रहा हूँ। कलकत्ता में रहते हुए महाराज ने मुझे अपने महान् बंधुत्व और व्यक्तिगत भाव से मदद का आश्वासन दिया था और कहा था कि मैं अपनी बीमारी से परेशान न होऊँ । लेकिन, मेरी यह बीमारी अब ठीक होने वाली नहीं है। अत्यधिक स्नायविक उत्तेजना की वजह से यह रोग हुआ है और मैं चाहे हजारों बार हवा-पानी बदल आऊँ, लेकिन जब तक उत्तेजना, दुश्चिंता वगैरह दूर न हो, तब तक कोई सुफल नहीं होगा।

''ये दो वर्ष विभिन्न जल-हवा परीक्षण में कट गया, लेकिन मेरी सेहत दिनोदिन गिरती ही जा रही है। अब मैं प्रायः मृत्यु के द्वार पर हूँ। आज मैं महाराजा के आश्वासन, महानुभवता और बंधुत्व के समक्ष एक आवेदन करना चाहता हूँ।

''जानते हैं, हर वक्त एक पाप-बोध मेरे मन को क्षत-विक्षत करता रहता है। मैं पार्थिव जगत् में थोड़ा-बहुत सेवा करके चले जाना चाहता हूँ। मैंने अपनी माँ के प्रति शोचनीय उपेक्षा दिखाता रहा। इसके अलावा, मेरा छोटा भाई महिमा विदेश में है। मेरी माँ दुःख से विपर्यस्त है। मेरी अंतिम इच्छा यही है कि कम-से-कम कुछ वर्ष माँ की सेवा करके अपने पाप कम करूँ। मैं माँ के साथ रहना चाहता हूँ। अपने छोटे भाई की शादी भी करना चाहता हूँ, ताकि हमारी वंशधारा थम न जाए। इसके फल-स्वरूप मेरी माँ

और मेरे आखिरी दिन सहज हो उठेंगे। मेरी माँ इन दिनों एक टूटे-फूटे घर में रहती हैं, जो वाकई रहने लायक बिलकुल नहीं है। मैं उनके लिए एक छोटा सा, सुंदर सा घर बनवाना चाहता हूँ। छोटे भाई की उपार्जन-क्षमता के बारे में मुझे कम उम्मीद है। उसके लिए भी कुछ कर जाने की जरूरत है।

''आप राजा रामचंद्र के वंशधर हैं। आप जिसे प्यार करते हैं, जिसे अपना मित्र मानते हैं, उसके लिए यह मदद करना क्या आपके लिए बेहद कष्टकर होगा? मैं नहीं जानता कि और किसके आगे मैं अपना यह आवेदन पेश करूँ।

''मुझे यूरोप से जो कुछ मिला था। उसकी कौड़ी-कौड़ी मैं अपने आरंभिक 'कर्म' में निवेश कर दिया है। मैं अपने लिए अन्य किसी से भी आगे हाथ नहीं फैला सकता। मैंने अपने परिवार की छोटी-से-छोटी बातें आपके सामने खोलकर रख दी हैं और दुनिया के किसी भी दूसरे व्यक्ति को इसकी जानकारी नहीं होगी। मैं अब क्लांत, हताश मृत्युपथ यात्री हूँ। मेरी प्रार्थना है—मेरी यह अंतिम इच्छा आप पूरी कर दें। मेरे प्रति आपने बहुत बार दया दिखाई है, बहुत बार वृहदत्तर उदारता का परिचय दिया है। अस्तु, यह सहृदय कार्य आपके महान् और उदार मन के योग्य होगा। मेरी जिंदगी के आखिरी दिन सहज और खूबसूरत ढंग से व्यतीत होगा। जिस ईश्वर की सेवा में मैंने अपना जीवन उत्सर्ग करने की कोशिश की है, वह महान् ईश्वर सदा-सर्वदा आपके और आपके आत्मीयवर्ग के सिर पर अपना श्रेष्ठ आशीर्वाद-वर्षण करें।''

''पुनश्च : यह खत नितांत व्यक्तिगत और गोपनीय है।''

पिछले महीने की 22 तारीख को स्वामीजी ने अपने महानुभाव मित्र खेतड़ी के महाराजा अजित सिंह को पत्र लिखा।

खेतड़ी के राजा के लिए स्वामीजी की इच्छा आदेश तुल्य थी। राजा साहब ने तत्काल घर तैयार करने का संभाव्य खर्च और परिवार-पालन के खर्च की रकम की जानकारी देने के लिए खत भेजा।

खेतड़ी से वह खत आज ही बेलूर आ पहुँचा है। खत पढ़कर राजा साहब के प्रति कृतज्ञता से स्वामीजी की आँखें भर आईं। रोगाक्रांत संन्यासी अश्रु-सजल आँखों से खेतड़ी के राजा को दुबारा खत लिखने बैठ गए। खत की पंक्ति-पंक्ति में एक संन्यासी का करुण आर्त्त फूट उठा।

स्वामीजी ने लिखा—

"…मैं क्या चाहता हूँ, इसका विशद विवरण मैं लिख चुका हूँ। कलकत्ते में घर बनाने का खर्च 10 हजार रुपए होंगे। इस रकम में चार-पाँच लोगों के रहने योग्य कमोबेश एक छोटा सा घर किसी तरह खरीदा जा सकता है या बनवाया जा सकता है। गृहस्थी के खर्च के लिए आप जो मेरी माँ के सौ रुपए मासिक भेजते रहे हैं, वह उनके लिए काफी है। जब तक मैं जिंदा हूँ तब तक मेरे खर्च-निर्वाह के लिए अगर आप हर महीने अतिरिक्त सौ रुपए भेज दें तो मुझे बेहद खुशी होगी। बीमारी की वजह से मेरा खर्च भयानक रूप से बढ़ गया है; लेकिन यह अतिरिक्त बोझ आपको बहुत ज्यादा दिनों तक वहन करना होगा, ऐसा मुझे नहीं लगता; क्योंकि मैं हद-से-हद और दो-एक वर्ष जीवित रहूँगा। मैं और एक भीख की याचना करना चाहूँगा—माँ के लिए यह सौ रुपयों की मदद, अगर संभव हो, तो आप स्थायी रखें। मेरी मृत्यु के बाद भी यह सहायता उन्हें नियमित रूप से पहुँचती रहे। अगर किसी कारणवश मेरे प्रति प्यार और दान में रोक लगानी पड़े तो किसी एक तुच्छ-अकिंचन साधु के साथ कभी बंधुत्व रहा था, यही बात याद रखते हुए महाराज इस साधु की दुखिया माँ के प्रति अपनी करुणा बरसाते रहें।"

9 दिसंबर, 1898

ताँबे के डिब्बे में सहेजकर रखा हुआ श्रीरामकृष्ण का अस्थि-भस्म अपने दाहिने कंधे पर उठाए स्वामीजी नई मठभूमि की ओर आगे बढ़ते रहे। उनके साथ प्रेमानंद और अन्य बहुतेरे लोग हैं। शंख-काँसे के घंटों की आवाजों से नई मठभूमि गूँज उठी।

स्वामीजी ने अन्य लोगों से कहा, "ठाकुर ने मुझसे कहा था—तू अपने कंधे पर बिठाकर जहाँ कहीं ले जाएगा, मैं वहाँ जाऊँगा और रहूँगा, भले वह पेड़ की छाँव हो या कुटिया हो।'… इसीलिए मैं स्वयं उन्हें अपने कंधे

पर बिठाकर नई मठभूमि में ले जा रहा हूँ। यह बात निश्चित जान ले कि बहुत-बहुत काल तक 'बहुजन हिताय' ठाकुर उस स्थान पर स्थिर रूप कायम-दायम रहेंगे।''

बारह-तेरह वर्ष पहले की बात है।

ठाकुर श्रीरामकृष्ण पुण्य लोक प्रयाण कर चुके थे।

ठाकुर की अस्थि-भस्म सहेजकर रखने के बारे में घरबारी भक्त और संन्यासी भक्तों में मतभेद उठ खड़ा हुआ।

स्वामीजी ने कहा, ''उनकी अस्थियाँ गंगा किनारे रखी जानी चाहिए। गंगा-तट पर हर मंदिर बनना चाहिए। उस समय स्वामीजी की बात नहीं सुनी गई, क्योंकि उन्हें गंगा-तट बेहद प्रिय था।''

घरबारी भक्तों ने आपस में सलाह करके ठाकुर की अस्थि-भस्म, काँकुड़गाछी के राम बागान दत्त की बागान कोटी में रखी।

उस दिन स्वामीजी के मन-प्राण पीड़ा से टीस उठे। उन्होंने प्रतिज्ञा की। बारह वर्षों तक वही खयाल लिये वे तमाम दुनिया का चक्कर लगाते रहे। आज उनके सभी खयाल सफल हो गए।

मठभूमि में आकर उन्होंने गंगा-माटी की वेदी पर ठाकुर की अस्थि-भस्म का डिब्बा आसीन किया और उस पावन यादगार को साष्टांग प्रणाम किया। इसके बाद स्वामीजी पूजा पर बैठ गए। उन्होंने अपने हाथों से खीर पकाई और ठाकुर को भी निवेदन किया।

नए मठ की आनुष्ठानिक प्रतिष्ठा हुई। हरिप्रसन्न बाबू नए मठ के निर्माण का काम लगभग पूरा कर चुके हैं। आशा है कि अगले वर्ष के पहले सप्ताह में सभी लोग मठ-मकान में रहने चले आएँगे।

स्वामीजी ने सभी लोगों से कहा, ''आप लोग ब्रह्मवाक्य की तरह आज ठाकुर के चरण-कमलों से प्रार्थना करें कि महायुगावतार ठाकुर आज से युग-युगों तक 'बहुजन हिताय, बहुजन सुखाय' के लिए इस पुण्यक्षेत्र में अवस्थान करें और इस पवित्र स्थान को सर्व-धर्म का अपूर्व समन्वय केंद्र बनाए रखें।''

स्वामीजी की हिदायत पर सभी लोगों ने हाथ जोड़कर प्रार्थना की।

पूजा समाप्त होने पर स्वामीजी ने अपने शिष्य शरच्चंद्र चक्रवर्ती को बुलाकर कहा, ''ठाकुर का यह डिब्बा वापस ले जाने का अधिकार संन्यासियों

को नहीं है, क्योंकि आज हम सबने ठाकुर को यहाँ प्रतिष्ठित कर दिया है। अस्तु तू ही ठाकुर के इस डिब्बे को अपने सिर पर रखकर नीलांबर बाबू के बागानवाले मठ में ले चल।''

उस डिब्बे को स्पर्श करने में शरच्चंद्र की सकुचाते हुए देखकर स्वामीजी ने कहा, ''डरो मत! उठाकर ले चलो। मेरी आज्ञा है।''

स्वामीजी के आदेश पर शरच्चंद्र ने संपूर्ण अंतरात्मा से वह डिब्बा अपने सिर पर उठा लिया। डिब्बा उठाए-उठाए शिष्य आगे-आगे चल पड़ा, पीछे-पीछे स्वामीजी और उनके पीछे सभी लोग।

स्वामीजी ने शरच्चंद्र से कहा, ''ठाकुर आज तेरे माथे पर आसीन होकर तुझे आशीर्वाद दे रहे हैं। सावधान, आज से किसी भी अनित्य विषय की ओर मन न लगाना।''

सामने एक छोटी सी पुलिया थी, जिसे पार करना था। स्वामीजी ने शरच्चंद्र को सावधान करते हुए कहा, ''देखकर, अब बेहद सावधान, बेहद सतर्क होकर पुलिया पार करना।''

स्वामीजी मन-ही-मन अपने सपने के मठ की तसवीर आँकते हुए चल रहे थे।

उन्होंने कहा, ''ठाकुर की इच्छा मुताबिक, आज उनके धर्मक्षेत्र की प्रतिष्ठा हुई। बारह वर्षों से जो खयाल, मेरे सिर पर चिंता बनकर सवार था, आज उतर गया। मेरे मन में इस वक्त कौन सी चाह जाग रही है, मालूम है? यह मठ विद्या-साधना केंद्र स्थान बने। तुम जैसे धार्मिक, गृहस्थ लोग इसके चारों तरफ की जमीन पर घर-मकान बनाकर रहें और बीच की जगह में संन्यासी-समुदाय रहे। मठ की उस दक्षिणी जमीन पर इंग्लैंड और अमेरिका के भक्तों के निवास के लिए घर-द्वार तैयार किया जाएगा। अगर ऐसा हो गया तो कैसा रहेगा, बताओ तो?''

स्वामीजी की ओर पलटकर शरच्चंद्र ने जवाब दिया, ''अद्‍भुत है आपकी कल्पना!''

''कल्पना करती है? वक्त पर सब पूरा भी हो जाएगा। मैंने तो शुरुआत भर कर दी है। इसके बाद और भी कितना कुछ होगा। मैं थोड़ा-बहुत कर जाऊँगा! और तुम लोगों को तरह-तरह के विचार दे जाऊँगा। तुम लोग बाद में वह सब वर्क-आउट करके पूरा करना! बड़े-बड़े सिद्धांत और फैसले

सिर्फ सुनकर ही क्या फायदा! उन सबको व्यावहारिक क्षेत्र में पूरा करने के लिए हर पल का उपयोग करना होगा। शास्त्रों की लंबी-लंबी बातें सिर्फ पढ़ने भर से क्या होगा? शास्त्रों की बातें पहले समझनी होंगी, उसके बाद उन सबको जीवन में उतारना होगा। समझा? इसे ही कहते हैं—'प्रैक्टिकल रिलीजियन', यानी व्यावहारिक धर्म।'' स्वामीजी कहते रहे, ''बुद्ध का वह 'fanaticism' यानी हठधर्मिता से दुनिया का कितना कल्याण हुआ! देखो, कितने आश्रम, कितने स्कूल, कितने कॉलेज, कितने ही आम अस्पताल, कितनी ही पशुशालाओं की स्थापना हुई! कितने ही स्थापत्य-विद्या का विकास हुआ! जरा सोच देखो, बुद्धदेव के जन्म से पहले इस देश में था क्या? भोजपत्रों में बँधा हुआ कुछेक धर्म-तत्त्व, जिनके बारे में केवल चंद लोगों को जानकारी भर थी। भगवान् बुद्धदेव वह सब व्यावहारिक क्षेत्र में ले आए और लोगों के दैनिक जीवन में उन्होंने उन सबका कैसे उपयोग किया जाए, उन्होंने दिखा दिया। सच पूछें तो वही यथार्थ वेदांत के स्फुरण-मूर्ति थे।''

काठ की पुलिया पार करके शिष्य आत्माराम का डिब्बा सिर पर उठाए-उठाए सभी लोग नीलांबर बाबू की बगान-कोठी की ओर बढ़ते गए। साथ में स्वामीजी।

वे बताते रहे, ''...उसके बाद धीरे-धीरे उस धर्म में वामाचार, व्यभिचार घुस आया और बौद्ध धर्म मर गया। वैसा वीभत्स वामाचार यहाँ के किसी भी तंत्र में नहीं है। बौद्ध धर्म का एक प्रधान केंद्र था जगन्नाथ क्षेत्र। वहाँ जाकर वहाँ के मंदिरों की दीवारों पर खुदी हुई वीभत्स मूर्तियाँ देख आओ, सब पता चल जाएगा।''

सभी लोग काफी दूर तक आगे बढ़ गए थे। बातचीत धीरे-धीरे मंद पड़ती जा रही थी।

स्वामीजी अंधाधुंध बोलते जा रहे थे, ''बुद्ध की वाणी थी—बहुजन हिताय, बहुजन सुखाय...! यम ने नचिकेता से कहा था—''उत्तिष्ठत जाग्रत् प्राप्य वरान् निबोधत्।''

जनवरी 1899 के आखिरी दिनों में एक दिन।

अखबार का नाम विकृत करके ''मजाक-मजाक में स्वामीजी ने अपने शिष्य शरच्चंद्र से कहा, ''क्या रे, 'उदबंधन' देखा?''

पहले माघ को इस नए अखबार का शुभ उद्‌घाटन हुआ है। अखबार का नाम है—'उद्‌बोधन'। इस अखबार का नामकरण स्वयं स्वामीजी ने किया है।

बँगला में एक अखबार निकालने के मामले में त्रिगुणातीतानंद यानी शारदा महाराज की खासी दिलचस्पी है। स्वामीजी की भी इच्छा थी। रुपयों की कमी की वजह से इस कल्पना को वास्तविक रूप में साकार करने में चार-पाँच वर्ष लग गए।

शारदा महाराज को किसी समय स्वामीजी ने खत में लिखा था— argent mon ami, I argent! ''रुपए''यार, रुपए कहाँ हैं?''

रुपयों के लिए हैरान-परेशान, बौखलाए हुए स्वामीजी इस-उसके सामने हाथ फैलाते रहे।

करीब साल भर पहले अपनी बान्हावी जो को उन्होंने पत्र में लिखा था—''मैं कलकत्ते में एक अखबार चलाऊँगा। तुम वह काम शुरू करने में अगर मेरी मदद कर सको तो मैं अतिशय कृतज्ञ होऊँगा।''

स्वामीजी के आवेदन के प्रत्युत्तर में मिस मैकलाउड ने पत्र पढ़ते ही 800 डॉलर भेज दिए।

स्वामीजी जब अल्मोड़ा में थे, तभी शारदा महाराज उन्हें बार-बार खत लिखते रहे—''भाई, मुझे काम करना है। तुम मुझे 2,000 रुपए दो, मैं एक प्रेस खोलूँगा, अखबार निकालूँगा।''

स्वामीजी ने उन्हें प्रेस खोलने के लिए 1,000 रुपए दे दिए। बाकी एक हजार रुपए ठाकुर के गृही भक्त हर मोहन के मित्र से उधार ले लिये गए। इसके लिए महीने में दस रुपए उधर भी चुकाने पड़ते थे।

15,00 रुपयों में ज्यादा महाराज ने दो अच्छी क्वालिटी की प्रेस खरीदे। श्याम बाजार में रामचंद्र मैन गली में श्री गिरिशचंद्र बसाक के मकान में प्रेस बिठाई गई है। दूसरी प्रेस बड़े बाजार के एक गोदाम में रख दी गई है। आठ रुपए मासिक किराए पर अनुबंध हुआ है।

यह प्रेस खोलना नहीं था, जानबूझकर अपने सिर पर चिंता का पहाड़ वहन करना था। ग्राहक जुटाने के लिए उन्हें ही बाहर निकलना पड़ता था। हैरान–परेशान होकर काम पाने के लिए भी उन्हें ही बाहर निकलना पड़ता था। खून को पानी बना देने जितनी मेहनत करने के बावजूद कोई अच्छा काम नसीब नहीं हो रहा था। उन्हें हताशा घेरने लगी।

'मुझसे नहीं चलाया जा रहा है।', 'मुझसे हो नहीं पा रहा है।', 'मुझसे होगा नहीं।' ऐसी गँवारू बातें सुनते ही स्वामीजी एकदम से फुत्कार उठते थे। हताशा की बातें, नकारात्मक रुख उनसे बिलकुल बरदाश्त नहीं होती थी।

दो महीने पहले की घटना है।

बाग बाजार के बलराम बसु के मकान में स्वामीजी राखाल महाराज ने प्रेस बेच देने की इच्छा जाहिर की, क्योंकि तीर्थ के कौए की तरह दिन–दिन भर दुकान में बैठे रहने के बावजूद दो पैसों की भी आमदनी नहीं होती थी। कर्ज के रुपए चुकाने में भी दस रुपए निकल जाते थे। उस पर से बड़े बाजार के गोदाम में भी और एक प्रेस खरीदकर रखा हुआ था। इसलिए वहाँ भी महीने में आठ रुपए गिनने पड़ते थे।

यह सुनकर स्वामीजी की आँखें धधककर अंगार बन गईं। उन्होंने कड़ककर धमकाते हुए कहा, "ओ राखाल, यह मानस बोल क्या रहा है? लगता है, काफी जबरदस्त ट्रायल हो गया इसका। इतनी जल्दी, तेरा सबकुछ चूर–चूर होकर धूल में मिल गया। एक बारगी धीरज टूट गया? जिसका किसी काम में धीरज नहीं है, वह क्या भला इनसान है? अभी तो तीन दिन भी तूने प्रेस का कोई कामकाज नहीं किया। जा, जा! तूने ढेर एक्सपेरिमेंट कर लिया। तुझे बड़ा अहंकार हो गया था न! किसने तुझसे प्रेस शुरू करने की विनती की थी? तूने ही तो मुझे लिख–लिखकर रुपए मँगाए थे।"

स्वामीजी को कितनी उम्मीद थी, शारदा महाराज जिम्मेदारी सँभालेंगे, बंगाल से वे एक अच्छा सा अखबार निकालेंगे, ठाकुर के भाव आदर्श

जनसाधारण तक पहुँचाएँगे।

स्वामीजी ने एक बार शारदा महाराज से कहा था, ''हड़बड़ी में क्या कोई काम होता है? इसके लिए फौलाद का दिल चाहिए। लेकिन किसी-न-किसी दिन तू भी लंका पार करेगा। तू शशि, गंगाधर…तुम सबके हाथों में भी वाग्देवी आसीन होंगी। अंतस में अनंतवीर्य प्रभु प्रतिष्ठित होंगे। तुम सब ऐसे-ऐसे कार्य करोगे कि दुनिया उसे देखकर दंग रह जाएगी।''

बंगाल से अखबार निकालने का खयाल बहुत पहले से ही स्वामीजी के दिमाग में घूम रहा था, लेकिन रुपयों का मामला बहुत बड़ा मसला बनकर खड़ा हो गया था, क्योंकि स्वामीजी के रुपयों का बहुत बड़ा हिस्सा मुद्रास से निकलनेवाले अंग्रेजी अखबार के प्रकाशन में खर्च हो चुका था। उन्होंने डॉक्टर नान्जुडा राव को एक खत लिखकर जानकारी दी थी। शारदा महाराज के उत्साह-उद्यम में मठ के सभी लोग मदद करें, इस मामले में स्वामीजी ने अपना निर्देश बहुत पहले ही ब्रह्मानंद को जानकारी दे दी थी।

स्वामीजी ने शारदा महाराज से मुखातिब होकर कहा, ''जो इनसान इतना कामकाजी है और निस्स्वार्थ है, उसके लिए अगर हजार रुपए पानी में भी चले जाएँ तो क्या नुकसान है?''

नई प्रेस के लिए शारदा महाराज दिन-रात बेतरह मेहनत कर रहे हैं। आज कंपोजिटर नहीं आया, नए किसी आदमी की खोज में उन्हें ही बाहर निकल पड़ा। कल प्रेसमैन बीमार हो गया, खबर पाकर वे खुद ही प्रेसमैन का हाल जानने के लिए उसके घर चले गए। उस गरीब मानस के लिए वे पथ्य भी खरीदकर ले गए। प्रेस का कहाँ, कौन सा उपकरण सस्ते में मिल रहा है, यह खबर मिलते ही वे खरीदने निकल पड़ते। दोपहर का खाना-पीना अब तो जैसे बंद ही हो गया है। खर्च बचाने के लिए किसी-किसी दिन वे सिर्फ पानी पीकर ही एक जून गुजार देते थे। रात को बाग बाजार माँ के घर लौटकर ही आहार करते थे।

ये सारी बातें स्वामीजी जानते थे।

उन्होंने उन्हें प्रोत्साहित करते हुए कहा, ''देखना, घर-घुसने लोग पिछड़ जाएँगे, पिछड़े ही रहेंगे और मुँह बाए पड़े रहेंगे और तू एक ही छलाँग में उड़कर सबके सिर पर जा बैठेगा।''

कागज के लिए शारदा महाराज की जी-तोड़ मेहनत का जिक्र सुनते

ही स्वामीजी ने अपने शिष्य, शरच्चंद्र की ओर देखकर कहा, "तुम लोगों ने शायद यह समझ लिया है कि ठाकुर के ये सभी संन्यासी-संतान सिर्फ पेड़ तले धूनि जलाकर बैठे रहने के लिए पैदा हुए हैं? मेरे आदेश के पालन के लिए त्रिगुणातीत साधन-भजन, ध्यान-धारणा तक छोड़कर कामकाज में उतरे हैं। यह कथा कम sacrifice कम त्याग की बात है?...आज मैं यह काम हासिल करके रहूँगा।"

"हम सब सर्वत्यागी संन्यासी हैं। हाथ में चूड़ी पहने मौगी नहीं हैं, जो उन लोगों के लिए कुछ रखकर जाना होगा?" थोड़ा ठहरकर स्वामीजी ने शरच्चंद्र से कहा, "ये लोग काम करते-करते दम तोड़ देंगे, फिर भी पीछे नहीं हटेंगे।"

शारदा महाराज हर दिन प्रेस में ठाकुर की टँगी तसवीर को प्रणाम करके अपना काम शुरू करते हैं। स्वामीजी को इन सबकी कोई जानकारी नहीं थी।

शरच्चंद्र ने बताया, "शारदा महाराज आपसे डरते हैं। कल ही वे कह रहे थे कि स्वामीजी के यहाँ जाकर पता कर आ कि अखबार का पहला अंक कैसा लगा?।" स्वामीजी ने हँसकर कहा, "बार-बार सिर्फ क्रिया इस्तेमाल करने से भाषा का जोर कम हो जाता है। विशेषण लगाकर यानी क्रिया का इस्तेमाल कम करना होगा। और हाँ, तू जाकर उससे कहना, उसके काम से मैं बेहद खुश हुआ हूँ।"

28 मार्च, 1898

आज सुबह से ही सारा आकाश कैसा तो भरा-भरा है। अजब थम-थमा माहौल। माँ अपने कमरे में पश्चिम की ओर मुँह किए, पाँव फैलाए बैठी थीं। उनके समूचे मुखमंडल पर विचित्र सा विषाद! उनकी आँखों से आँसू झरते हुए! माँ खामोशी में डूबी रो रही थीं।

शारदा महाराज का छोटा भाई आशुतोष माँ के मकान में रहता है। कुछ

दिनों पहले ही उसने माँ से दीक्षा ली है। फूल तोड़ लाना, पूजा की सामग्रियाँ व्यवस्थित कर देना—वह माँ के ढेरों काम कर देता था।

आशुतोष दूसरी मंजिल पर माँ के कमरे में फूल देने के लिए दाखिल हुआ।

उसे देखकर माँ ने पूछा, ''मेरे बेटे जोगेन का क्या होगा, बच्चे?''

आशुतोष ने उन्हें तसल्ली दी, ''क्यों इतनी चिंता कर रही हो, माँ? हमारे जोगेन महाराज स्वस्थ हो जाएँगे। कुछ देर पहले ही वैद्यजी आए थे और उन्हें दवा-पथ्य दे गए हैं।''

लेकिन इस तसल्ली से माँ का मन नहीं माना। कोई अज्ञात दुश्चिंता ने आज सुबह से ही उन्हें घेर रखा है।

अचानक ही माँ कह उठीं, ''बच्चे, मैं तो देख रही हूँ, कि भोर-भोर मैंने देखा, ठाकुर उसे लेने आए हैं।''

इतना कहकर माँ फफक-फफकर रो पड़ीं। अगले ही पल अपने को सँभालते हुए उन्होंने आगाह किया, ''सुनो, यह बात किसी को बताना मत! बताना नहीं चाहिए।''

ढेरों पुरानी बातें आज माँ को याद आ रही थीं।

शरत और जोगेश जब माँ के सामने होते थे, माँ अकसर कहती थीं, ''तुम दोनों में भारी हो। मेरा बोझ वहन करने की क्षमता आखिर कितने लोगों में है?''

माँ के पीहर में जगद्धात्री पूजा होती है। गरीबों की गृहस्थी! वैसे पीहर में लोग भी कम हैं! इसलिए हर बरस माँ पूजा के समय पीहर जाती हैं। उस समय घर में पूजा के ढेरों काम होते हैं। पूजा के बरतन वे खुद ही माँजती थीं। उन्हें कोई असुविधा न हो, इसे ध्यान में रखकर स्वामी योगानंद ने माँ के लिए थोड़े से काठ के बरतन खरीद दिए थे।

पूजा से पहले वे अचानक ही काठ के कुछ बरतन खरीद लाए और उन्होंने कहा, ''माँ, तुम्हें अब बरतन माँजने की जरूरत नहीं है।''

माँ के छुटपुट अनेक विषयों पर वे नजर रखते थे, ताकि माँ को अपने कष्ट की बात अपनी जुबान से न कहनी पड़े। जाड़े के मौसम में माँ के ओढ़ने के लिए वे एक रजाई भी बनवा लाए थे।

जोगेन महाराज को अगर कोई आठ आने भी देता था तो वे सहेजकर

रख देते थे।

वे कहते थे, "माँ, जब आप तीर्थ पर जाएँ, तब इसे खर्च कीजिएगा।"

वे हर समय, हर पल माँ के आस-पास रहते थे।

जोगेन कहता था, "माँ, तुम मुझे जोगा-जोगा कहकर बुलाया करो।"

वे जोगेन को 'अर्जुन' बुलाती थीं।

स्वामी योगानंद पूर्वाश्रम नाम था—योगींद्रनाथ रामचौधरी था। जन्म दक्षिणेश्वर के मशहूर सवर्ण चौधरी वंश में पिता नवीनचंद्र चौधरी निष्ठावान् धार्मिक ब्राह्मण थे। अगर पाड़ा मिशनरी स्कूल में योगीन्द्रनाथ थी पढ़ाई-लिखाई! बचपन से ही उनमें वैराग्य-भाव गौर-तलब था। केशवचंद्र सेन का लेख पढ़कर योगींद्रनाथ श्रीरामकृष्ण के दर्शनों के लिए उत्सुक हो आए। अचानक एक दिन वे काली-मंदिर के पुरोहित, श्री रामकृष्ण को देखने के लिए दक्षिणेश्वर चले आए। प्रथम दर्शन में ही ठाकुर ने उन्हें अपना बना लिया।

परिचय पाकर ठाकुर ने कहा, "तब तो तुम हमारे जाने-पहचाने घरानी हो जी! तुम लोगों के घर मैं कितना आता-जाता था, भागवत पुराण वगैरह सुना करता था। तुम लोगों के सभी कर्ताओं में कोई-कोई मेरा कितना आदर-जतन किया करते थे।"

बाद में ठाकुर ने कहा, "अति महत् वंश में जन्म हुआ है! तुम्हारे लक्षण काफी अच्छे हैं! काफी मजबूत आधार है। तुम्हारा होगा, खूब होगा।"

बस, उसी दिन से योगींद्रनाथ का ठाकुर के यहाँ हर दिन आना-जाना शुरू हो गया। गृहस्थी की ओर मति-गति फेरने के लिए घरवालों ने घर पकड़कर उनका विवाह कर दिया। लेकिन, इस इंतजाम से योगींद्रनाथ जरा भी खुश नहीं हुए।

यह खबर सुनकर ठाकुर ने कहा, "ब्याह कर लिया तो क्या हो गया? यह जो मैंने भी तो विवाह किया है। ब्याह किया है तो इसमें डरने की क्या बात है?"

अपनी छाती पर हाथ रखकर ठाकुर ने फिर कहा, "देख, यहाँ अगर कृपा हो, तो एक क्या, लाख विवाह भी कुछ नहीं कर पाएगा। तुझे अगर गिरस्ती बसाने की कभी इच्छा हुई, तो अपनी पत्नी को किसी दिन यहाँ ले आना। उसका मन मैं ऐसा बना दूँगा कि वह तेरे धर्म-पथ में वह सहाय ही होगी, कभी रुकावट नहीं बनेगी। अगर गिरस्ती बसाने की इच्छा न हो तो कहना, तेरे

अक्षर की माया-ममता मैं सब खा जाऊँगा।''

स्वामी योगानंद बीमार पड़े। पिछले अगहन के प्राय: अंतिम दिनों में एक दिन बुखार में ही वे नए मठ से बाग बाजार के बोस पाड़ा लेन माँ के किराए के मकान में चले आए। हर वक्त हलका-हलका बुखार और पेट का रोग जब बढ़ता गया तो उन्हें डॉक्टर के पास ले जाया गया। मामूली दवा-पथ्य से कोई फायदा नहीं हुआ।

अब, विपिन बिहारी घोष और शशिभूषण घोष जैसे नामी-गिरामी डॉक्टरों ने उनकी जाँच की। उन लोगों ने बताया कि इस रोग का नाम है— बहरहाल, एलोपैथी इलाज से जब कोई फायदा नहीं हुआ, तब वैद्य के इलाज का इंतजाम किया गया। लेकिन किसी इलाज से कोई फायदा नहीं है। रोगी की हालत दिनोदिन बिगड़ती गई। सुबह थोड़ा-बहुत वे ठीक भी रहते थे तो रात होते-होते रोगी की हालत तेजी से बिगड़ जाती थी। रोगी की सेवा में मठ के गुरु भाई साधु-ब्रह्मचारियों ने दिन-रात एक कर डाला। योगीन महाराज के माता-पिता भी मारक रोग के शिकार बेटे को देखने आए। लेकिन वहाँ पहुँचकर उन्होंने देखा कि बेटा बहुत पहले ही माया के सारे बंधन छिन्न-भिन्न कर चुका है।

कई दिनों पहले माँ योगीन महाराज की सहधर्मिणी को उनकी सेवा-जतन के लिए बुलाना चाहती थी, लेकिन योगीन महाराज ने ही मना कर दिया।

उन्होंने कहा, ''मृत्यु जब आसन्न है। तब इस शेष मुहूर्त में पत्नी की सेवा क्यों लूँ?''

इसके बावजूद माँ ने योगीन महाराज की पत्नी को बुला भेजा।

उन्होंने कहा, ''तुम उससे दो-एक बात करो, उसे कुछ उपदेश दो!''

योगीन महाराज ने जवाब दिया, ''मुझसे यह सब नहीं होगा। यह सब आप समझें।''

पिछले दो दिनों से योगीन महाराज ने मुँह में कुछ नहीं डाला था। आँखों की कोटरें सियाह पड़ गईं थीं। रोग राहू की तरह उन्हें निगलता जा रहा था। उनकी काया बिस्तर से चिपक गई थी। उनकी हड्डी-हड्डी कंकाल थी और देखने तक में भी तकलीफ होती थी।

दोपहर ढलनेवाली थी। कोई जन ऊपर आया और उसने माँ को खाना खा लेने को कहा। ऐसी हालत में क्या माँ के गले से खाना उतर सकता था?

माँ ने कह दिया कि उनका खाने का बिलकुल मन नहीं है।

स्वामी योगजनक के सिरहाने बैठकर एक जन लगातार गीता-पाठ किए जा रहा था। योगीन महराज की यह आखिरी इच्छा थी। आज मरीज की हालत ठीक नहीं है, यह सुनकर स्वामीजी समेत मठ के अनेक संन्यासी ही बोस पाड़ा लेनवाले मकान में चले आए। मकान की निचली मंजिल के कमरे में ही रोगी को रखा गया है। रोगी की नाड़ी बेहद धीमी चल रही थी। उनकी बगल में बैठे-बैठे कृष्णलाल महाराज लगातार 'रामकृष्ण' नाम का जाप दिए जा रहे थे। दोपहर ढलकर शाम हो आई। घड़ी में तीन बजकर दस मिनट हुए थे। रोगी बेहोश था।

कोई एक जन रोगी के मुँह में पथ्य देने आए। उन्होंने मृदु आवाज में कहा, "महाराज, ये पी लीजिए।"

दो-एक बार आवाज देने के मृत्युपथ यात्री संन्यासी ने अधखुली आँखों से देखा। पथ्य गले से नीचे नहीं उतरा, होंठों की कोरों से ही बह गया।

वही देखकर स्वामीजी ने कहा, "जरा खिसक, मैं देखता हूँ।"

इतना कहकर स्वामीजी ने साफ गमछे से जोगेन महाराज का मुँह पोंछवा दिया। रोगी का माथा सहलाते हुए उन्होंने पाठ किया—"ॐ रामकृष्ण!"

कभी, किसी समय स्वामीजी के खाने-पीने को लेकर योगीन महाराज ने शशि डॉक्टर से शिकायत की थी।

योगीन महाराज ने क्षीण दृष्टि से स्वामीजी की तरफ देखा। उनकी आँखों की कोरों से आँसू बह निकले।

स्वामीजी ने कहा, "रामकृष्ण नाम कहो बोलो, तुँ रामकृष्ण!"

मृत्युपथ-यात्री संन्यासी के गले से कई-एक बार आँक्-आँक् की अस्फुट आवाज निकली और उसके बाद सबकुछ स्थिर हो गया।

रोगी के सिरहाने बैठे कृष्णलाल महाराज भाँय-भाँय करके रो उठे।

स्वामीजी अपने मृत गुरुभाई के माथे पर हाथ रखे-रखे पत्थर के बुत बने बैठे रहे। सिर्फ एक बार उन्होंने अस्फुट आवाज में कहा, "छन की सारी कड़ियाँ खिसककर गिर पड़ीं। अब धीरे-धीरे सभी सीलींग-धरण भी खिसक जाएँगी।"

उपस्थित साधु वर्ग समवेत स्वर में बेल उठे, "हरि ॐ!" खबर पाकर गिरीश घोष समेत कई गृही-भक्त इसी बीच माँ के घर आ पहुँचे। निवेदिता

भी आ गईं।

स्वामीजी को पसीने-पसीने होते देखकर गिरीश बाबू ने हाँक लगाकर कहा, ''तुम लोग कौन, कहाँ हो? आओ, जरा नरेन को देखो! कहीं वह न बीमार न पड़ जाए। इसे जल्दी मठ भेजने का इंतजाम करो।''

कृष्णलाल महाराज रो रहे थे। उनकी रुलाई की आवाज इसकी मंजिल पर माँ के कमरे तक आ पहुँची। इतनी देर से पथराई बैठी माँ वह आवाज सुनकर रो पड़ीं।

माँ को धीरज बँधाने के लिए कई जन दूसरी मंजिल के उस कमरे की ओर दौड़ पड़े।

रोती हुई माँ उन लोगों को सामने से हटाते हुए बोलीं, ''तुम लोग जाओ, चले जाओ! मेरा जोगेन मुझे छोड़कर चला गया। अब मुझे कौन देखेगा? खत्म हो गया। सब खत्म हो गया।''

अपने कमरे में माँ अकेली ही रोती रहीं, रोती रहीं।

रोते-रोते ही माँ ने कहा, ''घर की एक ईंट खिसक गई। अब सब ढह जाएगा! सब, सब!''

मृत संन्यासी के सिर पर रेशमी गेरुआ पगड़ी पहना दी गई। समूचा शरीर फूलों से ढका हुआ। कपूर का दीप जलाकर आरती की जा रही है। कमरे के अंदर और बाहर उपस्थित लोग पुण्य नाम का जाप कर रहे हैं।

माँ रो रही हैं और कह रही हैं, ''जानती हूँ! जानती हूँ! वह मेरे प्रभु के पास गया है। यह बात मैं जानती हूँ! लेकिन वह तो मेरा योगीन है! भगवान् ने उसे मुझसे छीन लिया!''

मई 1899 का कोई एक दिन

''डॉक्टर··· ! डॉक्टर!''

डॉ. राधागोविंद कर ने देखा, कोई यूरोपियन भद्र महिला उनसे कोई बात करने के लिए उन्हें आवाज दे रही है।

डॉक्टर साइकिल रोककर खड़े हो गए।

सड़क के करीब एक मकान के चबूतरे से एक विदेशी महिला उतर आई।

''डॉक्टर, वाग्दी बस्ती का वह बच्चा अब कैसा है? और उसकी माँ?'' लकड़ी की टूटी-फूटी कुरसी दिखाकर निवेदिता ने कहा, ''काफी देर से आपका इंतजार कर रही थी। सदानंद महाराज ने मुझे बताया था कि हर रोज आप इसी रास्ते से ही जाते हैं।''

बैसाख की प्रखर धूप में डॉक्टर का समूचा शरीर झनझना रहा था। काफी देर से प्यास लगने के बावजूद संक्रमण के भय से वे अभी तक बूँद भर पानी भी पी नहीं सके थे; लेकिन रोग भी डॉक्टर ही होता है, कोई छूत, कोई ऊँच-नीच जात नहीं मानता। लेकिन वे भी तो आखिर डॉक्टर ठहरे। सेहत के बारे में उन्हें बहुत ज्यादा सतर्क रहना पड़ता है।

पिछले बरस की तरह इस बरस भी ठीक इसी समय दोबारा प्लेग फैल गया था।

मरीज देखकर लौटते-लौटते डॉक्टर को आज काफी देर हो गई थी। दोपहर भी काफी कुछ ढलने को थी। समूचे कलकत्ता में आजकल प्लेग की महामारी फैली हुई है। रोग के भय से बहुतेरे लोग कलकत्ता छोड़कर भाग रहे हैं। यहाँ की गंदी-गंदी बस्तियों में इस रोग का हमला बहुत ज्यादा है।

अभी कुछ ही देर पहले बाग्दी बस्ती में वे रोगी देखने ही गए थे। अभी वे वहीं से लौट रहे हैं। एक लड़का सुबह-सवेरे ही खबर दे गया था। वह लड़का इस विदेशी महिला का ही भेजा हुआ था या नहीं, डॉक्टर को जानकारी नहीं है।

''ना मैडम, हालत अच्छी तो नहीं है। माँ की हालत बेहद गंभीर है। मैंने देखा, उसके बेटे को भी तेज बुखार है। भूख से छटपटाते हुए वह बार-बार अपनी माँ का दूध ही पी रहा था। सुनने में आया कि उस महिला का पति पिछले दो दिनों से लापता है। उस औरत को भी खाना नसीब नहीं हुआ। भूखी है। बिस्तर से उठ नहीं पा रही है तो खाएगी क्या? उष्ट न लोगों के कमरे में घुसने का कोई नाम ही नहीं लेता। कोई घर के अंदर जाने को राजी ही नहीं है। बस, एक जन ने दूर से ही उनका घर दिखा दिया।'' यह

कहते-कहते डॉक्टर एकाएक खामोश हो गए। उन्होंने देखा कि उस यूरोपियन महिला की आँखें छलछला रही हैं।

डॉक्टर विस्मय से भर उठे। उन्होंने पूछा, ''वे लोग क्या आपके कुछ लगते हैं?''

निवेदिता ने बुदबुदाकर कहा, ''भारतवर्ष! भारतवर्ष!...माँ काली...माँ काली।'' आँखों के आँसू पोंछकर निवेदिता ने व्याकुल लहजे में कहे, ''ऐसी कोई बात नहीं है, डॉक्टर! हाँ, डॉक्टर, आप क्या कृपा करके एक बार उस रोगी के घर दोबारा जा सकते हैं? इसे मेरा अनुरोध समझ लें, डॉक्टर!''

चिलचिलाती धूप! रास्ते-सड़क सुनसान! सभी अपने कपाट, झाँप बंद करके आराम कर रहे थे। लेकिन ऐसी तपती दोपहर में किसी हत्-दरिद्र परिवार के लिए इस यूरोपियन महिला की ऐसी आकुल आर्त्ति देखकर डॉक्टर सच ही विस्मित हो उठे।

डॉक्टर कर जानते थे, रोगी बचेगा नहीं। उस दुधमुँहे शिशु को भी बचाना मुश्किल है। मारण-व्याधि ने उस बच्चे पर भी अपने पंजे जमा दिए हैं।

इसके बावजूद डॉक्टर ने सिर हिलाकर मृदु लहजे में जवाब दिया, ''जी, चला जाऊँगा।''

निवेदिता के दिल को मानो जरा राहत मिली। उन्होंने कहा, ''आप जरा रुकेंगे, डॉक्टर? आपको यूँ खड़ा रखकर मुझे बेहद बुरा लग रहा है, लेकिन मैं गई और आई।''

यह कहकर निवेदिता सड़क पार करके दौड़ती हुई घर के अंदर चली गईं।

डॉ. राधागोविंद कर का घर हावड़ा के बेतड़े में था। जमींदार घराने का बेटा। मेडिकल कॉलेज, कैंबेल अस्पताल में चिकित्सक। कलकत्ता में उनकी कमाई खास फल-फूल रही थी। अंग्रेज साहब डॉक्टरों में से बहुतेरे तो उनको पूरे नाम से पहचानते भी नहीं थे। वे लोग तो उन्हें 'आर.जी.' के नाम से जानते-पहचानते थे।

निवेदिता अपने हाथ में पर्चियों का बंडल लेकर अपने कमरे से बाहर निकल आईं। वे पर्चियाँ डॉक्टर कर के हाथों में सौंपकर निवेदिता ने कहा, ''रामकृष्ण मिशन ने प्लेग प्रतिरोध के लिए कुछेक प्रचार-पत्र तैयार किए

हैं। आप अन्यथा न लें डॉक्टर, मैं सभी लोगों से अनुरोध कर रही हूँ। आप तो बहुत सारी जगहों में आते-जाते रहते हैं, अगर ये पर्चियाँ जन-साधारण में बाँट दें।…"

रामकृष्ण मिशन ने एक समिति संगठित की थी। निवेदिता उसकी सचिव थीं। स्वामी सदानंद उसके प्रधान कार्याध्यक्ष थे। स्वामीजी ने इस रोग-प्रतिरोध की सारी जिम्मेदारी निवेदिता को सौंपी थी।

परची पढ़कर डॉक्टर कर एकदम से अवाक् रह गए। उन्होंने अचकचाकर सवाल किया, "आप ही सिस्टर निवेदिता हैं?"

"हाँ, डॉक्टर!" निवेदिता ने जवाब दिया, "इतनी बड़ी जिम्मेदारी है। असल में आप लोग ही हैं प्रधान शक्ति! जानते हैं डॉक्टर, कल इस पूरे मुहल्ले में मैंने परचियाँ बाँटी, इसके बावजूद आज सुबह ही बहुतेरे लोगों ने अपने-अपने घरों का कचरा-गंदगी सड़क पर ही फेंक दिया। मैंने हर किसी को समझाया था कि पैकेट में भरकर रख दें, हम आकर ले जाएँगे। लेकिन किसी ने नहीं सुना। आज सुबह हमने खुद ही झाड़ू लगाकर सड़क साफ करना शुरू कर दिया। लेकिन, जानते हैं डॉक्टर, इस मुहल्ले के लड़कों ने मेरे हाथ से झाड़ू छीन लिया और खुद ही झाड़ू लगाने लगे।"

पिछले महीने की बाईस तारीख को कलकत्ता के क्लासिक थिएटर में रामकृष्ण मिशन ने एक युवा सभा का आयोजन किया था। अस्वस्थ होने के बावजूद स्वामीजी ने इस सभा का सभापतित्व किया था। प्रधान वक्ता थीं—निवेदिता।

सभापति के भाषण में स्वामीजी ने अपने बेहद प्रिय संबोधन 'कलकत्तावासी प्रिय भाइयो' के बजाय चाबुक कसकर कहा, "अब तक टोकरी-टोकरी तात्त्विक बातें उपलब्ध की जाती रही हैं, लेकिन बंगाली लोग अभी तक प्लेग-निवारण के लिए कोई काम जैसा काम नहीं कर पाए। एक अंग्रेज पत्रकार ने हाल ही में बंगालियों के बारे में निंदा करते हुए जो लिखा है, उसे लेकर बंगाली गुस्से से भड़क उठे हैं। लेकिन जब तक बंगाली लोग अपना आलस्य और निकम्मापन झाड़कर वास्तविक कार्यों के माध्यम से अपने को इनसान साबित नहीं करते, जब तक वे लोग यह साबित नहीं करते कि वे लोग आलमारी में, काँच के ढक्कन में रखे कोई गड्ढे नहीं हैं तब तक उन लोगों पर लगाया गया कलंक दूर नहीं होगा।"

निवेदिता को निरखते हुए डॉक्टर ने कहा, ''गंदगी, कचरे और चूहे के जूठे खाने से तो यह रोग जन्म लेता है। बेहद छुतहा रोग है! भयंकर संक्रामक! आप सावधान रहिएगा, मैडम।''

जवाब में निवेदिता ने कहा, ''स्वामीजी का निर्देश है, हम लोगों को कुछ नहीं होगा।···माँ···काली! काली!''

संसार-त्यागी एक संन्यासी के प्रति किसी विजातीय यूरोपीय महिला का ऐसा अगाध भक्ति-विश्वास देखकर डॉक्टर अवाक् रह गए।

डॉक्टर अब वहाँ नहीं रुके। परचियों का बंडल अपने बैग में भरकर वे अपनी साइकिल समेत वहाँ से चले गए। दूर गली की बाँक पर साइकिल की घंटी सुनाई देती रही।

दोपहर ढलकर साँझ हो आई। गली-दर-गली आयरिश महिला की आकुल आर्त्ति डॉक्टर के चिंता-कोश में बार-बार घूम-फिरकर लौटती रही।

गली की बाँक-बाँक पर कचरों के ढेर सड़ रहे थे। डॉक्टर को लगा, शहर भर का मारा कचरा मानो यहीं लाकर इकट्ठा कर दिया गया है। डॉक्टर ने अपनी नाक पर रूमाल रख लिया।

साल-दर-साल इसी तरह जमा हुए मृत्यु-बीजों से संघर्ष करते आ रहे हैं शहर की बस्तियों के लोग। स्वास्थ्य के बारे में किसी को भी होश नहीं है। बस्ती के लोग अशिक्षित, अनपढ़ हैं। लेकिन, शहर के शिक्षित लोग?

उस दिन क्लासिक थिएटर की युवा-सभा में निवेदिता गुस्से से फट पड़ीं।

उन्होंने कहा, ''धिक्कार है उन बस्ती-मालिकों को, जिन लोगों ने इनसानों को इस ढंग से बसा रखा है। धिक्कार है उन पौर-कर्ताओं को, जिन लोगों ने आँखें मूँद रखी हैं···''

और भी कई-कई गलियों की बाँक पार करके डॉक्टर बस्ती में लगभग अँधेरी सी सँकरी कोठरी में घुसे। कोठरी में कुप्पी टिमटिमा रही थी। कुप्पी की रोशनी में डॉक्टर ने देखा कि फर्श पर लेटी हुई उस बीमार, रोग की शिकार औरत की बगल में वही यूरोपीय महिला बैठी हुई है, जिसे उन्होंने दोपहर को देखा था। उस औरत का बच्चा आराम से उस विदेशी महिला की गोद में सोया हुआ है। वह विजातीय महिला सीप से उस बच्चे को दूध पिला रही है। गले के तीखे दर्द से बेचारा वह बच्चा दूध तक नहीं पी रहा

है। बीच-बीच में निवेदिता से लिपटकर 'माँ, माँ' कहकर रो उठता था।

अतिशय दमघोंटू गरमी और बदबूदार कोठरी में ज्यादा देर तक खड़ा भी नहीं हुआ जा रहा है। मारे दुर्गंध के जी मिचला उठा था। लेकिन, इसी बस्ती की छिनछिनाती दुर्गंध में बैठी थी एक विदेशी महिला। उनका ऐसा समर्पित सेवा-कार्य देखकर डॉक्टर और ज्यादा विस्मित हो उठे। डॉक्टर अपने साथ कुछ पथ्य खरीद लाए थे। डॉक्टर ने वह सारा सामान एक ओर रख दिया।

अगले ही पल जैसे ही वे अपना कैंबिस बैग खोलने लगे, करीब बैठी हुई निवेदिता बोल उठीं, ''यह औरत मेरे आने से पहले ही दम तोड़ चुकी थी। यहाँ आकर मैंने देखा कि वह बच्चा उस वक्त भी अपनी माँ की छाती से दूध चूस रहा है। इस बच्चे को जरा और ध्यान से जाँच लें, डॉक्टर।'' मारे रुलाई के निवेदिता की आवाज रुँध गई।

डॉक्टर किंकर्तव्यविमूढ़ मुद्रा में खड़े रहे। जरा ठहरकर निवेदिता ने कहा, ''सदानंद महाराज आदमी बुलाने गए हैं। यहाँ बस्ती का कोई भी बंदा दाह-कार्य करने के लिए राजी नहीं है।''

ऐसे समय जाने किसने तो आवाज दी, ''सिस्टर!''

निवेदिता ने अपना सिर उठाए बिना ही पूछा, ''जतिन, आ गए?''

''हाँ, सिस्टर!''

''सुनो, कल एक सीढ़ी का इंतजाम कर सकोगे? और गमला भर चूना भी चाहिए। कोठरी का जरा रंग-रोगन तो क्या, चूना चढ़ा दूँ। अस्वास्थ्यकर कोठरी का संस्कार-सुधार कर दूँ।''

डॉक्टर कर ने देखा, अँधेरे-उजाले के झुटपुटे में किवाड़ के सामने ही एक नौजवान खड़ा है। उस नौजवान को डॉक्टर बखूबी पहचानते थे। उस नौजवान का नाम था—यतींद्रनाथ मुखोपाध्याय। स्वस्थ, बलशाली वह युवक कौन जानता था कि कुछ ही दिनों बाद प्राय: खाली हाथ किसी हमलावर बाघ को परास्त कर देगा? अंग्रेजों के विरुद्ध सशस्त्र क्रांति के लिए उतरेगा?

उस दिन शाम को इस सब बारे में किसे अंदाजा था?

28 मई, 1899

शाम 5 बजे निवेदिता नंगे पाँव कालीघाट मंदिर आ पहुँचीं। कुछ देर बाद ही वे नाट-मंदिर में व्याख्यान देने वाली हैं। सभापति के बिना ही निवेदिता को व्याख्यान देना होगा। उस अनुष्ठान में कोई सभापति होने को राजी नहीं हुआ।

विद्यासागर कॉलेज के प्रिंसिपल एन.एन. घोष पहले तो राजी हो गए, मगर बाद में वे पीछे हट गए। इसी महीने की 13 तारीख को एल्बर्ट हॉल में भी निवेदिता के व्याख्यान में यही कुछ हुआ था।

काली के बारे में बहुत से लोगों की धारणा बेहद स्थूल है। कालीघाट मंदिर से ही इस धारणा की सृष्टि हुई, क्योंकि वहाँ हर रोज सैकड़ों पाठों की बलि दी जाती है। वह मांस भी उसी प्रांगण में बेचा जाता है, ठीक मानो कसाईखाना की तरह।

एल्बर्ट हॉल में 4 तारीख को व्याख्यान देने की बात थी। लेकिन किन्हीं कारणों से वह तारीख आगे बढ़ा देनी पड़ी। किसी सभापति के न होते हुए भी निवेदिता का व्याख्यान सुनने के लिए सैकड़ों लोग आए थे। समूचा हॉल भीड़ से ठसा हुआ था। शहर के गण्यमान्य लोगों की उपस्थिति भी उल्लेखनीय थी। वक्ताओं में शामिल थे—महेंद्रलाल सरकार, डॉ. निशिकांत चट्टोपाध्याय, सत्येंद्रनाथ ठाकुर, ब्रजेंद्रमोहन गुप्ता। महिला वक्ताओं में निवेदिता के अलावा शामिल थीं—सरला घोषाल और मिसेज सालजर।

विख्यात चिकित्सक डॉ. महेंद्रलाल सरकार युक्तिवादी इनसान थे, काफी कुछ नास्तिक भी। उनके साथ ढकने-छिपाने की कोई बला नहीं थी।

उन्होंने खुले तौर पर कहा, ''कालीघाट जाना या काली-दर्शन करना कतई उचित नहीं है।''

नफा-नुकसान का हिसाब न करके अप्रिय सत्य कहने में वे कभी कदम पीछे नहीं हटाते थे।

आज दिन के व्याख्यान में उन्होंने शुरू में ही कहा, ''हम लोग ये सब कुसंस्कार देश से खदेड़ने की कोशिश कर रहे हैं और तुम विदेशी लोग दोबारा इन्हीं सबका प्रचार करने में जी-जान से जुट गए हो।'' उनके यह कहते ही दर्शकों में दक्ष-यज्ञ शुरू हो गया।

एक दर्शक तो उठकर खड़ा हो गया और उसने बाकायदा चीखकर कहा, ''बुड्ढा शैतान कहीं का!''

उस वक्त डॉक्टर की आँखों में आँसू भर आए। बेहद मर्मस्पर्शी दृश्य। उस अप्रीतिकर परिस्थिति को निवेदिता ने ही सँभाला था।

कालीघाट मंदिर के कार्यकर्ता लोग उसी दिन निवेदिता को व्याख्यान देने के लिए आमंत्रित कर गए।

स्वामीजी बेहद प्रसन्न हुए। उनका खयाल था, 'सीमाबद्धता पर जबरदस्त मार पड़ेगी।'' सीमाबद्धता, यानी दक्षिणेश्वर मंदिर के कार्यकर्ताओं का हद से-हद गँवारपन!

दक्षिणेश्वर मंदिर में निवेदिता को घुसने नहीं दिया जाता था। वह काली मैया की इतनी-इतनी श्रद्धा-भक्ति करती थी, तब भी नहीं। सरला, सुरेन ठाकुर और अन्य तीन मित्रों ने मिलकर उनके लिए एक मैकिंटोश साइकिल खरीद दी है। फलस्वरूप निवेदिता बिना किसी खर्च के दक्षिणेश्वर पहुँच जाती थीं। लेकिन, इसके बावजूद मंदिर तक जाकर भी, उन्हें दीन-हीन मुद्रा में बाहर खड़े रहना पड़ता था। दूर से ही अछूत की तरह आँखें फाड़-फाड़कर मंदिर की तरफ देखती रहती थीं। वहीं, दूर से ही माँ भवतारिणी को प्रणाम करके लौट आती थीं। उतना सा दर्शन पाकर ही उन्हें कितना आनंद आता था, देवी काली के प्रति किस कदर खिंचाव था। उनके मन में कोई दुःख, कोई अभिमान नहीं था।

एल्बर्ट हॉल में उन्होंने जो व्याख्यान दिया, वह दो दिनों पहले ही 'इंडियन मिरर' में पूरे चार कॉलम में छप चुका था। लेकिन, जिस नोबेल की काली के प्रति इतनी भक्ति का मामला मिशनरी संवाद-माध्यमों की पसंद नहीं था।

पिछली सुबह 6 बजे ही स्वामीजी अचानक बाग बाजार निवेदिता के घर आ पहुँचे। निवेदिता भी मन-ही-मन स्वामीजी को याद कर रही थीं। स्वामीजी के आने से निवेदिता को लगा, मानो साक्षात् जगन्माता ही उनके

पास उनके राजा को भेज दिया हो।

असल में सबकुछ ठीक-ठीक तरह बोल पाऊँगी न। एल्बर्ट हॉल के व्याख्यान के आपत्तिजनक वक्तव्य का जवाब के सटीक ढंग से दे पाऊँगी न? इसी प्रकार के विविध विचार, विविध सवालों से निवेदिता का मन शून्यता से आच्छन्न था।

स्वामीजी ने कहा, "उस देवी मैया, उस बेटी को अपनी बात सुनने को लाचार कर देना। देवी मैया के सामने दीन-हीन मुद्रा में एकदम नहीं... एकबारगी नहीं... याद रखना!"

निवेदिता ने पूछा, "स्वामीजी, काली शायद शिव की ध्यान-प्रतिमा हैं, यह सच है न?"

निवेदिता को कुछेक पल देखते रहने के बाद स्वामीजी ने सस्नेह कहा, "अच्छा है, बहुत अच्छा है। जिस रूप में तुम्हें पसंद हो, उस भाव से प्रकाशित करो!" इसके अलावा उन्होंने यह भी कहा, "सुनो, टूट पड़ना होगा तलवारी के मुँह पर! एकमेक ही जाना पड़ेगा, सदा-सर्वदा के लिए, भयंकारी के साथ!"

आज काली मंदिर में अनगिनत लोग जमा हुए हैं। वे सभी लोग किसी एक विदेशिनी का व्याख्यान सुनने आए हैं। व्याख्यान का विषय है—'माँ काली और काली पूजा'।

निवेदिता अपलक निगाहों से कुछेक पल अपने सामने बैठे अगणित श्रोताओं की ओर एकटक देखती रहीं। उसके बाद उन्होंने बोलना शुरू किया, "आज शाम को हम जिस जगह जमा हुए हैं, यह माँ काली का पवित्रतम पीठ-स्थान है। युग-युगों से कितने ही धर्मप्राणों की प्रार्थना, वेदना और कृतज्ञता-ज्ञापन स्वरूप यह पूजा-निवेदन का स्थान है। मृत्यु-पलों में आखिरी सोच-विचार का लक्ष्य-स्थल है। माँ ने यहाँ कितने ही साधकों को दर्शन दिया है, इसका निर्णय कौन करेगा? कोई माँ की संतान है, कोई उनका चिह्नित वीर। कोई सिर्फ भक्त! उनके भाव और रूप-सुधापान में पागल। इसके अलावा, कोई उन्हें अपनी आत्मा का स्वरूप मानता है। अनंत आत्मा, उन लोगों की अनंत शक्ति, इच्छाएँ व कामनाएँ भी अनंत हैं—जिनकी तृप्ति-साधन माँ ही करती हैं।"

"इसी स्थान से ही तरंगित होता है उनका स्वर, जो समूची पृथ्वी पर

बिखर जाता है! नित्य उषा संध्या में मृदुल-मधुरिम आवाज में पुकार लगाकर कहता है—शिशुओं! मेरे बच्चों, मैं हूँ! मैं भी तुम सबकी माँ हूँ।

"दिन जब प्रखर, उज्ज्वल होता है, पृथ्वी कर्म-शब्दों से मुखर रहती है, तब माँ की आवाज भले डूब जाती हो। लेकिन दोबारा जब शांति-लग्न गहरा आता है, इनसान अपने अनंतर के समक्ष। आमने-सामने बैठ जाता है, तब वे लोग चाहे जितना भी परिवर्तित भाव से क्यों न सुनें, फिर भी संदेश आता रहता है। शांत, क्षुद्र तमाम सुर कानों तक पहुँचते रहते हैं। ये तमाम सुर इतने मद्धिम, इतने खूबसूरत होते हैं कि हमारे कानों में प्रायः प्रवेश ही नहीं करते, हालाँकि किसी-न-किसी दिन हम जरूर महसूस करेंगे कि विश्व का सबकुछ, जीवन का हर तजुरबा—काली के अखंड नित्य संगीत का ही एक-एक सुर है।

"पवित्र है इस स्थान का माहौला! पवित्र है यह संध्याकाल! पवित्र है मंदिर की रक्त, धूल! पवित्र! पवित्र! हम सब महसूस कर सकते हैं, इस स्थान में लाखों-लाखों अतीत इनसान प्रार्थना करते आ रहे हैं—यहाँ मेरा व्याख्यान सुनने नहीं आए हैं! हम सब यहाँ पूजा अर्पित करने आए हैं।"

पिछले दिन सुबह-सुबह ही स्वामीजी ने निवेदिता को कविता सुनाई थी—

Open the gates of light, O mother
To me thy Tired son.
I long, oh, long to return home!
Mother, my play is done.

20 जून, 1899

करीब 5 बजे लॉञ्च आया। यानी एक-एक करके लॉञ्च पर सवार हो गए। स्वामीजी, निवेदिता, उसके बाद तुरीयानंद लॉञ्च में आ बैठे। उन लोगों के साथ और जन जा रहे हैं—शरत् महाराज के भाई सतीशचंद्र चक्रवर्ती।

फिटन गाड़ी में सवार होकर स्वामीजी लोग प्रिंसेस घाट पर आ पहुँचे। दोपहर 3 बजे श्याम बाजार के अस्तबल से किराए पर गाड़ी ले आए थे—शचींद्रनाथ बसु।

शाम बस होने वाली थी। आसमान का रंग फीका पीला-लाल। वही रंग नदी के जल में अपनी छाया डाल रहा था।

स्वामीजी के बदन पर आसाम सिल्क का कोट, पाँव में दस-बारह रुपए कीमतवाले केबिन शू और सिर पर नाइट कैप। हरि महाराज भी उसी हुलिया में। साहबी पोशाक पहनकर स्वामीजी चुस्त-दुरुस्त साहब लग रहे थे, लेकिन हरि महाराज के बदन पर वह पोशाक बहुत शोभा दे रही थी।

स्वामीजी के निर्देश पर निवेदिता को जहाज के फर्स्ट क्लास की टिकट खरीदनी पड़ी थी। इसमें उनके अतिरिक्त डेढ़ सौ रुपए खर्च हो गए थे।

लॉञ्च चल पड़ा। जहाज घाटा में नियम के अनुसार प्लेग की जाँच में काफी सारा समय लग गया, इसलिए लॉञ्च छूटने में देर हो गई।

स्वामीजी को विदा देने के लिए जो लोग आज जहाजघाट तक आए थे, उनमें से अधिकांश लोगों ने उन्हें साष्टांग प्रणाम किया। साहब लोगों ने अवाक् निगाहों से वह दृश्य देखा।

इस बार स्वामीजी की पश्चिम यात्रा के विशेष कुछ कारण हैं। उन्हें पेरिस अंतरराष्ट्रीय धर्म कांग्रेस में शामिल होने का आमंत्रण मिला है। टूटी सेहत दोबारा वापस पाने की इच्छा तो खैर है ही। उनका मन है कि इस बार पाश्चात्य देशों के लोगों को भारत के बारे में और ज्यादा कुछ बताना।

इस बार विदेश-यात्रा के संगी स्वामी तुरीयानंद को भी स्वामीजी अपने साथ ले जा रहे हैं। अमेरिका में वे उन्हें प्रचार-कार्यों के लिए छोड़ आएँगे। अपने विद्यालय के लिए अर्थ-संग्रह करने के लिए 'द प्रोजेक्ट ऑफ द रामकृष्ण स्कूल फॉर गर्ल्स' पुस्तिका पेश करने के लिए निवेदिता भी अमेरिका जा रही हैं।

शुरू-शुरू में तुरीयानंद अमेरिका नहीं जाना चाहते थे। उन्होंने सीधे-सीधे स्वामीजी के मुँह पर ही 'ना' कर दिया था। हरि महाराज के मुँह से 'ना' सुनकर स्वामीजी किसी शिशु की तरह रो पड़े।

उन्होंने बुझी-बुझी आवाज में कहा, "हरि भाई, ठाकुर के कामों के लिए मैं अपनी छाती का बूँद-बूँद रक्त बहाकर मृतप्राय हो गया हूँ। तुम लोग

क्या मेरे इस काम में मदद नहीं करोगे, खड़े-खड़े सिर्फ देखते रहोगे?''

स्वामीजी की इस आकुल आर्ति के समक्ष स्वामी तुरीयानंद को सहमत होना ही पड़ा।

स्वामीजी ने कहा, ''तुम्हें कुछ भी नहीं करना पड़ेगा, सिर्फ अपना जीवन दिखाने से ही काम चल जाएगा।''

जहाज की सीढ़ी अभी लगी हुई थी। सारी लॉञ्च उन सीढ़ियों के आस-पास आ-आकर भिड़ रही थीं। जहाज पर सवार होकर रुटीन चेकअप के बाद यात्री लोग अपना-अपना केबिन ढूँढ़ने में व्यस्त हो गए।

आज दोपहर को बाग बाजार की माँ-ठकुराइन के घर पर निमंत्रण था। स्वामीजी के अलावा माँ के घर स्वामी श्रद्धानंद, शिवानंद, त्रिगुणातीतानंद, तुरीयानंद और स्वामी सदानंद महाराज भी आए थे। माँ ने सबको काफी प्यार-जतन से खिलाया। खाना-पीना निपट जाने के बाद एक ग्रुप फोटो भी उतारी गई।

पिछली सुबह स्वामीजी की माँसी सिमला स्ट्रीट से बेटे को देखने आई थीं। उनका बेटा फिर समंदर पार करके दोबारा विदेश जा रहा है। विधवा को मारे दुश्चिंता के रुक नहीं पाईं। उनके सिर पर कोई छाँव नहीं था। पति का बहुत पहले ही निधन हो चुका है। बड़ा बेटा संन्यासी हो गया। वैसे संन्यासी होने के बावजूद बेटा उन्हें बेहद प्यार करता है? इसलिए वही अपनी माँ का आसरा-भरोसा है। लेकिन अब वह दोबारा विदेश जा रहा है। यही सोचकर माँ रो पड़ी।

स्वामीजी की नानी रघुमणि बसु ने अपनी बेटी भुवनेश्वरी से कहा, ''जा, एक बार खुद अपनी आँखों से बेटे को देख आ।''

इसीलिए कल माँ भुवनेश्वरी देवी कलकत्तेवाले अपने घर से सीधे बेलूर मठ अपने बेटे के पास चली आई हैं। माँ के साथ नानी, छोटा भाई, भूपेन—सभी आए हैं।

मठ-मकान की निचली मंजिल से ही माँ ने हाँक लगाई, ''बि-ल-इ-ई-ऊ!''

माँ की पुकार पर स्वामीजी छलाँग लगाकर दो-दो सीढ़ियाँ लाँघते हुए नीचे उतर आए। कई घंटों तक उन्होंने अपनी माँ से गपशप की।

माँ को आश्वस्त करते हुए उन्होंने कहा, ''विदेश का काम खत्म करके

मैं बहुत जल्दी ही देश लौट आऊँगा।''

इसके बाद उन्होंने अपनी माँ को कई-कई गीत भी सुनाए।

नानी ने इस बार भी उनसे घर-संसारी होने का अनुरोध किया। स्वामीजी ने उनकी बात हँसकर उड़ा दी। इसके बावजूद बूढ़ी नानी ने अपने संन्यासी नाती के बारे में उम्मीद नहीं छोड़ी थी। उन्हें जब भी मौका मिलता था, वे स्वामीजी से घर-बारी होने का जिक्र छेड़ देती थीं। लेकिन उनकी बातों से स्वामीजी में कोई भावांतर नजर नहीं आता था।

लेकिन अपनी प्यारी नानी के हाथ का बना निरामिष खाना खाने के लिए वे अकसर ही राम तनु बोस लेनेवाले घर में चले आते थे। छोटे बालक की तरह माँ की जूठी थाली में पड़े साग का डंठल चुन-चुनकर खाते रहते थे। नानी और माँ के हाथों की बनी हुई शुक्तो और पोया की सूखी सब्जी खाने के लिए वे बार-बार जन्म लेंगे, स्वामीजी अकसर कहा करते थे।

केबिन की खिड़की के करीब स्वामीजी खामोश बैठे हुए हैं। अभी कुछ ही देर पहले जहाज छूटा है। उनका मन अतिशय खिन्न और उदास है। उस वक्त अपनी माँ की यादों ने उन्हें खास तौर पर याद आ रही है। घर-गृहस्थी का दायित्व-बोध छोड़कर चले आने और कर्तव्यों का खयाल संन्यासी होते हुए भी आखिर वे इनसान हैं, भगवान् नहीं।

जहाज अभी भी गंगा की छाती पर तैर रहा है। अभी वह बंगोद सागर तक नहीं पहुँचा है। निवेदिता स्वामीजी की केबिन में चली आईं और आराम से बैठ गईं। चिंता-फिक्र से आक्रांत मन लिये स्वामीजी ने स्वाभाविक ढंग से दो-एक बातें जरूर कीं, मगर मन का बोझ हलका नहीं हुआ। वे अपनी जननी का जिक्र छेड़ बैठे। उन्होंने अपनी माँ को इतनी-इतनी भीषण यंत्रणा दी है, वे बताते रहे। उन्होंने यह भी कहा कि अब वापस लौटकर बाकी जीवन वे अपनी माँ की सेवा करेंगे।

अस्थिर···अस्थिर···चरम अस्थिर है उनका मन।

मन का नियंत्रण अत्यंत कठिन साधना है। सर्पिल मन की गतिविधियाँ कभी-कभी उन जैसे संन्यासी के मन को भी विचलित कर देती हैं।

निवेदिता की ओर देखते हुए स्वामीजी ने कहा, ''देख नहीं रही हो, अभी, इसी वक्त ही मुझ पर विशुद्ध वैराग्य सवार हो गया है। अगर मेरे वश में होता तो मैं अपना अतीत बदल देता। किसी अन्य कारण से नहीं, सिर्फ

अपनी माँ को खुश करने के लिए विवाह कर लेता। बशर्ते मेरी उम्र दस वर्ष कम होती। इन तमाम वर्ष इतनी-इतनी यंत्रणा मैं आखिर क्यों झेलता रहा? उच्चाशा के उन्माद, ताड़ना की वजह से? लेकिन नहीं, नहीं!''

अगले ही पल स्वामीजी आत्मसमर्थन में बोल उठे, ''मैं उच्चाकांक्षी नहीं हूँ। ख्याति मुझ पर लाद दी गई है।''

''यह बात जरूर सच है!'' निवेदिता ने कहा, ''वैसी क्षुद्रता कण भर भी आप में नहीं है। लेकिन, मैं खासतौर पर खुश हूँ कि आपकी उम्र दस वर्ष कम नहीं है।''

स्वामीजी अपलक निवेदिता की ओर देखते रहे और उनकी बातें सुनते रहे और अगले ही पल वे हँसी से फूट पड़े।

स्वामीजी हँस रहे हैं। निवेदिता भी हँस रही हैं।

28 जून, 1899

निवेदिता की अरसे की उम्मीद पूरी हुई। वे प्रिय राजा की पूजा-अर्चना कर रही हैं। किसी ने उन्हें गुलाब के फूल लाकर दिए थे। अनुमति लेकर वे फूल उन्होंने स्वामीजी के चरणों पर अर्पित कर दिए।

निवेदिता ने अब बहते हुए स्रोत पर तिनके की तरह बहना सीख लिया है। अब वे चाहती हैं कि लिखकर, व्याख्यान देकर, भीख माँगकर अपने राजा के लिए यथेष्ठ रुपए कमाएँ। वे रुपए उनके मधुमय राजा अपनी मरजी के मुताबिक खर्च करें। तब वे अपने को परम भाग्यवती मानेंगी।

सुदीर्घ सागर-यात्रा! थकान भरा जल...जल...और जल! अभी तो कुल हफ्ते भर गुजरे हैं। लंदन पहुँचने में अभी भी और चार-पाँच हफ्ते बच रहे हैं।

छोटी बहन निम के विवाह के बाद निवेदिता अमेरिका जा रही हैं। स्वामीजी पहले ही अमेरिका पहुँच जाएँगे। स्वामीजी नहीं चाहते हैं कि निवेदिता उनके साथ अमेरिका जाएँ। उन्हें आशंका है कि ईसाई मिशनरी

लोग मारग्रेट पर फूहड़ ढंग से आक्रमण करेंगे। अमेरिका के बहु-प्रचारित संवाद माध्यम, कोरे गप्प, अफवाहों से भर उठेंगे। निवेदिता ने जिस काम के लिए अमेरिका जाना तय किया है, उसमें बाधा आ सकती है। स्वामीजी ने अपने मन की आशंका निवेदिता के सामने सीधे-सीधे जाहिर भी कर दी।

उनकी बातें सुनकर निवेदिता मुँह दबाकर हँसीं और उन्होंने स्वगत ही कहा, "राजा, इसका मतलब यह हुआ कि आप में भी दुनियावी बुद्धि जाग उठी है।"

जहाज के केबिन में बैठकर स्वामीजी निवेदिता से गपशप कर रहे हैं। बातों-ही-बातों में प्रेम का सवाल छिड़ गया।

इस प्रसंग में स्वामीजी ने कहा, "आँसुओं के समुद्र में तरंगित मानवीय प्रेम पर आनंद और कविता क्षणिक विरणपात करती है!...केवल दर्द के आँसू ही अध्यात्म-दर्शन लाते हैं, आनंद के आँसू नहीं।...पराए मुखापेक्षिता में परम दुःख है, सिर्फ स्वाधीनता में ही सुख है।"

वक्त गुजरता रहा।

"माँ के प्यार को अगर छोड़ दिया जाए तो प्रायः सभी प्रकार के प्रेम में ही यह बंधन है। जहाँ आत्मसुख की कामना है, वहाँ प्रेमपात्र का सुख लक्ष्य नहीं होता।" स्वामीजी ने निवेदिता की ओर देखते हुए कहा, "फर्ज करो, कल मैं दारूबाज, पियक्कड़ हो जाऊँ, तब मैं किसके प्यार पर निर्भर करूँगा? निश्चय ही शिष्यों के प्यार पर तो हरगिज नहीं। वे लोग तो आतंक से लात मारकर मुझे प्रताड़ित कर देंगे। मैं निर्भर करूँगा अपने कई एक गुरु भाइयों के प्यार पर। उन लोगों के लिए मैं सदा-सर्वदा एक जैसा ही रहूँगा।"

स्वामीजी उठ गए। कुछेक पलों के लिए अजब से पवित्र भाव, सुखद से अहसास, अच्छा लगने जैसा आवेश में निवेदिता डूब गईं। पल-अनुपल गुजर गया। निवेदिता पढ़ने की मेज पर जा बैठीं।

मिस मैकलाउड भी उसी तरह स्वामीजी से प्रीति रखती थीं। निवेदिता जानती थीं कि उनकी इस अनुभूति के बारे में जानकर मैकलाउड बेहद खुश होंगी।

निवेदिता ने खत में लिखा—"श्र जी यूम, जानती हो, स्वामीजी ने मुझसे क्या कहा, 'मारगेट, याद रखो, जब आधे दर्जन लोग ऐसे प्यार के अधिकारी होते हैं, तभी किसी नए धर्म का जन्म होता है, इससे पहले नहीं।'

उस महिला की बात मुझे हमेशा याद आती है, जो प्रतिदिन भोर-भोर समाधि-वेदी के सामने खड़ी होती थीं और उन्हें एक स्वर सुनाई देता था। वे समझती थीं कि वह बगीचे के माली का कंठ-स्वर है। उसके बाद जब ईशु ने उन्हें स्पर्श किया तो उनकी जुबान से सिर्फ इतना ही निकल सका—'My Lord and my God' यानी 'मेरे प्राण और मेरे भगवान्' सिर्फ वही 'My Lord and my God' उस किस्म के आधे दर्जन शिष्य मुझे दो। मैं जगत् जीत लूँगा। रामकृष्ण परमहंस कोई एक हरम रखते तो उनके लिए मैं दुनिया छीन लाता।"

14 जुलाई, 1899

"शारदा कहता है, अखबार चलता नहीं। मेरा भ्रमण वृत्तांत खूब विज्ञापित करके छापे तो सही...देखना, अंधाधुंध Subscriber बन जाएँगे। खाली भट्टाचार्यगीरी करने से, सिर्फ तीन ही हिस्सा देने से क्या लोगों को पसंद आता है?" स्वामीजी ने अपने मन का क्षोभ जाहिर किया।

इसके बाद वे कागज-कलम लेकर लिखने बैठ गए।

जहाज उन दिनों स्वेज कैमल में, पोर्ट सैयद बंदर पर लगा हुआ था। नए अखबार को खड़ा करने के मामले में स्वामीजी अतिशय चिंतित थे। स्वामीजी बार-बार आगाह करते रहते थे कि ठीक समय पर सामग्री तैयार करके अखबार में प्रकाशित करना चाहिए। काम में अगर जरा भी इधर-उधर होता था तो वे अखबार का दायित्व सँभालनेवाले स्वामी त्रिगुणातीत उर्फ शारदा महाराज को कसकर डाँट लगाते थे।

स्वामीजी ने कहा, "मुझे काम चाहिए...no humbug!"

शारदा महाराज ने एक बार बहाना बनाते हुए कहा, "मुझे कैसे-कैसे मूर्खों को लेकर काम करना पड़ता है, वह तो तुम समझना नहीं चाहते... ।"

प्रति उत्तर में स्वामीजी ने कहा, "रहने दे, रहने दे! ये सारी बातें रहने दे। तुम लोगों ने जब कोई काम हाथ में लिया है तो उसमें भूल-भाल, गलती

क्यों होगी? तूने उन लोगों को इनसान बनाने की कोशिश की कभी? इसी देश के लोग ही दोष ढकने के लिए उज्र-पर-उज्र उठाते हैं। उस देश में कंपोजिटर तक भी विद्वान् नहीं होते। जो लोग मैनेजर होते हैं, जो लोग काम का जिम्मा सँभालते हैं, वे लोग काम को त्रुटिहीन करने की कोशिश करते हैं। जब तक काम त्रुटिहीन नहीं होता, तब तक वे लोग नाछोड़बंदा होते हैं। इसी देश में देखता हूँ कि बस, छप जाने भर से काम खल्लास। उसमें अगर भूल-त्रुटि रह गई तो रह जाए। लेकिन, अगर एक भी शब्द इधर-उधर हो गया तो लेख का भाव या अर्थ बिलकुल ही उलट-पलट जाता है। कितनी सावधानी से प्रूफ देखना पड़ता है। अगर तुम लोग ही अखबार में भूल-भ्रांति छापोगे तो उन्नति कैसे होगी, बता तो?''

कागज-कलम फेंककर स्वामीजी उठ खड़े हुए और केबिन की खिड़की के सामने जा खड़े हुए!

जल! जल! और जल! लहर-दर-लहर लहराते समुद्र की ओर देखते हुए स्वामीजी कुछ देर खड़े रहे। उसके बाद वे दोबारा कागज-कलम के सामने जा बैठे। जहाज-भ्रमण का विवरण लिखने के इरादे से स्वामीजी कागज-कलम भी साथ लाए हैं। लेकिन नियमित लेखन संभव नहीं होता। स्वामीजी को लगता है कि ऐसा उनके आलस्य की वजह से होता है। लेकिन जब वे लिखने बैठते हैं, तो एक अपूर्व संवाद-चित्र फूट उठता है—

जहाज क्रमशः उत्तर की ओर बढ़ता जा रहा है। यह रेड सी का किनारा प्राचीन सभ्यता का महाकेंद्र है। उस पार—अरब की मरुभूमि, इस पार मिस्र!

'जहाज में दो पादरी सवार हुए हैं! एक अमेरिकी पादरी अपनी पत्नी सहित यात्रा पर है! बेहद भलामानस! नाम—बोगेश! सात वर्ष हुए बोगेश की शादी हुई; बेटे-बेटी मिलाकर छह संतानें! नौकर-चाकर कहते हैं—'खुदा की खास मेहरबानी!' बेटों को शायद ऐसा कोई अहसास नहीं होता। एक कथरी बिछाकर बोगेश-घरनी बाल-बच्चों को डेक पर सुलाकर चली जाती है। वे बच्चे धूल में गंदे होते रहते हैं, रो-पीटकर, चिल्ल-पों मचाकर लोट-पोट होते रहते हैं। यात्री लोग सहते रहते हैं। डेक पर टहलने का कोई उपाय नहीं है। हरदम यही आशंका लगी रहती है कि बोगेश के बाल-बच्चे कहीं कुचल न जाएँ।

'टूटुल नामक एक छोटी सी लड़की अपने पिता के साथ जा रही है।

उसकी माँ नहीं है। निवेदिता टूटुल और बोगेश के बच्चों की माँ बन बैठी है।'

निवेदिता ने आकर देखा, केबिन में बैठे-बैठे स्वामीजी गरदन झुकाए, ध्यान-मग्न होकर लिख रहे हैं। निवेदिता के कदमों की आहट पाकर स्वामीजी ने पलटकर देखा।

''आओ, बैठो!'' उन्होंने कहा।

कलम रखकर स्वामीजी निवेदिता की तरफ घूमकर जैसे कुछ कहने जा रहे थे। उसी समय स्वामी तुरीयानंद केबिन के अंदर दाखिल हुए। समुद्र-यात्रा से पहले स्वामीजी ने उन्हें व्यायाम की याद दिला देने की हिदायत दी थी।

हलके-हलके हिचकिचाते हुए तुरीयानंद ने स्वामीजी से कहा, ''आज आपने व्यायाम नहीं किया। इन दिनों नियमित व्यायाम नहीं हो रहा है।''

स्वामीजी हँस पड़े, ''हरि भाई, आज रहने ही दें। जहाज में मैं काफी मजे में हूँ और देखो, निवेदिता से थोड़ी-बहुत बातचीत भी कर रहा हूँ। वह विदेशी लड़की है। सबकुछ छोड़-छाड़कर यही सब सुनने के लिए वह मेरे पास आई है। बेहद भली लड़की है, बेहद समझदार। इससे बातचीत करके मुझे खुशी होती है।''

स्वामी तुरीयानंद चले गए।

इस समुद्र-पथ पर स्वामीजी से विभिन्न विषयों पर निवेदिता की बातें होती हैं। धर्म, समाज, इतिहास, पुराण, साहित्य, स्त्री-शिक्षा, लड़कियों के लिए स्कूल की स्थापना आदि विभिन्न मामलों की चर्चा होती है। निवेदिता की इच्छा है कि वह बच्चों के लिए हिंदू उपकथाओं के बारे में एक पुस्तक लिखें। वे स्वामीजी के मुख से वे सब कहानियाँ सुनना चाहती हैं। कभी-कभी गपशप छोड़कर स्वामीजी अपने जीवन के आदर्श और कठोर साधना के बारे में भी बताते रहते हैं। निवेदिता रुद्ध श्वास, ध्यानमग्न होकर सुनती रहीं।

बातचीत खत्म होते ही निवेदिता उठ खड़ी हुईं।

स्वामीजी दोबारा लिखने बैठ गए। 'उद्बोधन' के लिए लिख रहे थे—'विलायत-यात्री का पत्र'। भाषा का माधुर्य और सरलता क्रमशः उभरने लगी—

''कितना खूबसूरत है! सामने जितनी दूर तक निगाहें जाती हैं, गहरा

नीला जल, लहरें लेता हुआ! फेनिल, झागदार! हवा के साथ ताल-ताल पर नाचती हुई! पीछे हमारा गंगाजल! वही विभूतिभूषण, वही 'गंगाफेनसिता जटा पशुपते:'। वह जल अपेक्षाकृत स्थिर है। सामने मध्यवर्ती रेखा! जहाज कई-कई बार श्वेत जल के ऊपर, एक बार काले जल पर चढ़ता-उतराता है! लो, वह श्वेत जल शेष हो गया। अब सिर्फ नीलांबु! आगे-पीछे, आस-पास सिर्फ नीला! नीला, सिर्फ नीला जल, सिर्फ जल-तरंग! लहरें और लहरें! नीलकेश, नीलकांत अंग, नील आभा, नीला पट्टवास परिधान! करोड़ों-करोड़ असुर देव-भय से समुद्र तले जा छिपे थे। आज उन लोगों को मौका मिला है। आज वरुण उन लोगों का सहाय है! पवन देव साथी हैं! महा गर्जन, विकट हुंकार, फेनिल अट्टहास! दैत्य कुल आज महोदधि के ऊपर रण-तांडव में मत्त है। उसके बीच हमारा यह अर्णव पोत…''

3 अगस्त, 1899

आखिरकार हाजिर हो ही गए। तीन दिन हुए, स्वामीजी इंग्लैंड आ पहुँचे हैं। वे विंबल्डन में उडसाइड के खूबसूरत व सुशोभन घर में ठहरे हैं। उनके साथ हैं स्वामी तुरीयानंद।

स्वामीजी का खयाल है कि समुद्र-यात्रा से उनका स्वास्थ्य बेहतर हुआ है, उनकी सेहत में उन्नति हुई है। यह सब व्यायाम और मौसमी हवाओं के असर से हुआ है। लेकिन यहाँ के एक डॉक्टर ने उन्हें कठोर नियमों में रहने की सलाह दी है, क्योंकि उनके शरीर में यूरिक एसिड बढ़ गया है। आहार में मांस और दाल ही पूरी मात्रा में यूरिक एसिड बनाता है। इसलिए उन्हें निरामिष आहार करना पड़ रहा है।

डॉक्टर का यह विधान स्वामीजी को बिलकुल ही पसंद नहीं आया है। उलटे डॉक्टर के बारे में स्वामीजी ने मंतव्य किया है—'मुरब्बी डॉक्टर! यानी अभिभावक डॉक्टर! गार्जियन कहीं का!'

यहाँ मिसेज रैबिट से स्वामीजी की भेंट नहीं हुई। किसी जरूरी काम से

उन्हें बाहर जाना पड़ा है। वैसे वे स्वामीजी के नाम एक पत्र लिख गई थीं।

पुराने मित्रों में मिसेज स्टर्डी व मिसेज जॉनसन भी इन दिनों यहाँ नहीं हैं।

समुद्र-यात्रा की थकान मिटाने के लिए स्वामीजी ने कई दिनों आराम करने की सोची है। लेकिन, सच तो यह है कि आराम उनके स्वभाव में ही नहीं है।

इंग्लैंड के पते पर स्वामीजी के नाम ढेरों खत आ रहे हैं। भक्तों के पत्रों की प्राप्ति स्वीकार के रूप में स्वामीजी को ढेरों खत लिखने पड़ रहे हैं।

इसी बीच स्वामीजी को मेरी हेलबयेस्टर का पत्र प्राप्त हुआ है। वे इन दिनों कनाडा में हैं। वहाँ आजकल गरमी का मौसम है। लेकिन वहाँ की गरमी बेहद मनोरम होती है। मेरी ने जानकारी दी है कि स्वामीजी के दर्शन-लाभ के लिए वे अधीरता से प्रतीक्षा कर रही हैं। राजयोग का अनुवाद वे अभी भी पूरा नहीं कर पाई हैं।

इंग्लैंड का काम खत्म करके स्वामीजी बहुत जल्दी ही अमेरिका चले जाएँगे। वहाँ उनकी मित्र जोसेफिन मैकलाउड रहती हैं। उन्होंने भी पत्र लिखा है।

जवाबी पत्र में स्वामीजी ने लिखा है—"एल्बर्टो कैसा है?···असल बात यह है जो कि लंदन में कोई काम नहीं होगा, क्योंकि तुम यहाँ नहीं हो। देख रहा हूँ, तुम मेरी नियति हो। सुनो, मेरा फ्रेंच सीखने का मन है। अगर तुम मुझे हर रोज एक-एक करके पाठ सिखा सको···"

उडहाइड से जरा फासले पर 21 नंबर हाइ स्ट्रीट के घर में निवेदिता ठहरी हैं। सतीश वहीं रहता है।

साँझ उतर रही है। बाहर शीतल-मंद हवा। साथ ही लगातार बारिश भी हो रही है। निवेदिता ने अपने कमरे में मोमबत्ती जलाई और आकर अपनी पढ़ने की टेबल पर बैठ गईं।

निवेदिता को कई दिनों पहले की समुद्र-यात्रा याद आने लगी। स्वामीजी के साथ उनका एकांत निविड़ संवाद।

स्वामीजी ने बताया था कि जब वे आठ वर्ष के थे, तभी वे समाधि-मग्न हो जाते थे। हालाँकि वे जानते नहीं थे कि यह क्या है!

मृत्यु के बारे में निवेदिता के सवाल के जवाब में स्वामीजी ने बताया था कि "मृत्यु का रूप उनका जाना हुआ है। पंद्रह वर्ष पहले ऋषिकेश में रहते हुए वे मृत्यु के मुँह से लौट आए थे। माँ ही सब जानती हैं···जिनके ध्यान से जीवन खत्म करो, उसी माध्यम से शुरू होगा परवर्ती जीवन।"

यह संवाद निवेदिता ने अपनी प्रिय सहेली मिस मैकलाउड को खत में लिखा।

"···मेरी जान यूय, ये तमाम खत जरूर तुम सहेजकर रख रही हो, ताकि बाद में ये सब पढ़कर डायरी की शक्ल दे सकूँ···"

···स्वामीजी ने बार-बार कहा है—"मुझे अपने अंतस की गहराई में उतरकर प्रेरणा का संधान करना होगा। उसे पाने के बाद ही मुझे उस पर विश्वास भी करना होगा। अन्य किसी भी बात पर नहीं। बस, उसी भरोसे पर ही टिके रहना होगा।"

21 सितंबर, 1899

स्वामीजी शाम को टहलने निकले थे, अभी कुछ देर पहले ही लौटे हैं।

वापस लौटते ही निवेदिता के हाथ में लिफाफे में मुड़ा हुआ खत देकर कहा, "यह तुम्हारे लिए उपहार है।"

निवेदिता ने अपनी बहन नीम के विवाह के अगले दिन ही ग्लैसगो से ट्रेन पकड़ी थी। उसके बाद ऐलेन लाइनर मंगोलियन से न्यूयॉर्क पहुँचीं। अभी कल ही वे रिजली मैमर में मिस्टर लेगेट के घर आई हैं।

स्वामीजी इन दिनों धनकुबेर मिस्टर लेगेट के मकान में मेहमान हैं। उनके साथ हैं—स्वामी तुरीयानंद। मिसेज लेगेट की बहन मिस मैकलाउड भी वहीं थीं। उनके साथ निवेदिता की काफी गहरी दोस्ती थी। स्वामीजी के आने की वजह से स्वामी अभेदानंद भी यहाँ कुछ दिन गुजार गए। मिसेज बुल और उनकी बेटी ओलियर भी यहाँ आने वाली हैं।

स्वामीजी के प्रति मिस्टर और मिसेज लेगेट के मन में अगाध भक्ति

व श्रद्धा है। विलास-बहुल इस मकान में स्वच्छंदता और समृद्धि की कोई कमी नहीं है।

सुबह चाय की मेज के सामने बैठकर निवेदिता ने स्वामीजी को जानकारी दी कि उन्होंने निष्ठावती ब्रह्मचारिणी का जो व्रत लिया है, उसका वे पालन करना चाहती हैं। उनका इरादा है कि स्कूल के लिए अर्थ-संग्रह शुरू करने से पहले वे कई दिन स्वामीजी के साथ गुजारना चाहती हैं।

स्वामीजी ने कहा, "भारतीय आध्यात्मिक शिक्षा ही तुम देना चाहती हो। तुम मदद की माँग करो, उसे खरीदने की कोशिश मत करो। याद रखो, तुम माँ की दासी हो। अगर वे तुम्हें कुछ न दें तो भी तुम कृतज्ञ बनो कि उन्होंने तुम्हें मुक्त कर दिया।"

स्वामीजी का दिया हुआ उपहार खोलते ही निवेदिता का मन खुशी से भर उठा।

दुःख नहीं, सुख नहीं! दोनों के मर्म में जो है वही! निशा नहीं, उषा नहीं, दोनों की संधि का सेतु!

Behold it comes in might,
The hower that is not power,
The light that is in darkness,
The shade in dazzling light.

It is Joy that never spoke,
And grief unfelt, profound,
Imemortal life unlived,
Iternal death unmourned.

It is not joy nor sorrow.
But that which is between,
It is not night nor morrow
But that which joins them in.
It is sweet ret in music;
And pause in sacred art;
The silence between sheaking;
Between two fits of hassion—
It is the calm of heart.

It is beauty never seen,
And love that stands alone,
It is song that lives un-sung,
And knowledge never known.

It is death between two liver,
And bull between two storms,
The void whence rose creation,
And that where it returns.

To it the tear-drok goes,
To spread the smiling form
It is the goal of Life,
And Peace—its only home!

कविता का शीर्षक है—'Peace'।

वह कविता निवेदिता के हाथ की मुट्ठी में दबी हुई। उनका मुखमंडल उज्ज्वल आनंद से स्निग्ध हो आया।

5 नवंबर, 1899

आज रविवार है। कल स्वामीजी रिजली मैगर छोड़कर न्यूयॉर्क चले जाने वाले हैं। निवेदिता उसके अगले दिन जाएँगी।

ओलिया निवेदिता को शिकागो आने का निमंत्रण दे गई है, साथ में एल्बर्टो को भी।

स्वामी तुरीयानंद अक्तूबर के अंत में रिजली मैगर छोड़कर मॉण्ट क्लेयर जा चुके हैं। वह जगह न्यूयॉर्क से 20 मील दूर है।

इस वक्त शाम हो आई है। निवेदिता लोग जाने की तैयारी कर रही हैं, सामान वगैरह बाँध-छाँध रही हैं। स्वामीजी ने बच्चियों को देने के लिए रेशम की कई एक पगड़ी ले ली। इसके अलावा मिसेज बुल के लिए दो टुकड़े गेरुआ कपड़े।

स्वामीजी निवेदिता को मिसेज बुल के कमरे में बुला ले गए। कमरे में निवेदिता ने देखा कि मिसेज बुल कुछ लिखने में डूबी हुई हैं। स्वामीजी ने सारी पगड़ियाँ एक ओर रख लीं और कमरे का दरवाजा खामोशी से बंद कर दिया।

गेरुआ कपड़ा मिसेज बुल की कमर में लपेटकर मृदु आवाज में कहा, ''संन्यासिनी!''

स्वामीजी का एक हाथ बुल के माथे पर था, दूसरा निवेदिता के सिर पर था।

स्वामीजी ने कहा, ''रामकृष्ण परमहंस ने मुझे जो दिया था, मैंने वह सब तुम दोनों को सौंप दिया। एक महिला से जो कुछ मेरे पास आया था, मैंने वह दो-दो महिलाओं को दे डाला। इसके द्वारा जो भी संभव हो, वही करो। अब मैं अपने पर विश्वास नहीं करता। कल मैं क्या करूँगा, मालूम नहीं, जिसकी वजह से मेरा काम, मुमकिन है, ध्वंस हो जाए। एक नारी जगन्माता से जो कुछ भी मिला था, नारियाँ ही श्रेष्ठ ढंग से उसकी रक्षा कर पाएँगी। वे कौन हैं, क्या हैं, नहीं जानता। मैंने उन्हें देखा नहीं।''

निवेदिता की स्कर्ट की बाँह छूकर स्वामीजी ने कहा, ''लेकिन, रामकृष्ण परमहंस ने उन्हें देखा था, उन्हें छुआ था। ठीक इसी तरह मैं बस इतनी सी बात जानता हूँ, वे शायद कोई विराट् विभूर्त शक्ति हैं। बहरहाल, तुम दोनों पर बोझ लाद दिया। मैं चला शांति की उपलब्धि के लिए! आज सुबह मेरी हालत लगभग पागलों जैसी हो गई थी! क्या करूँ? क्या करूँ? सिर्फ चिंता-ही-चिंता। वह तो जब लंच से पहले सोने जा रहा था, तब मेरे दिमाग में यह काम कर डालने का खयाल आया। यह बात दिमाग में आते ही मैं बेतरह खुश हो उठा। यह तो किसी परित्राण जैसा है। इतने अरसे से मैं इसे वहन करता फिर रहा हूँ। आज मैंने इसका त्याग किया।'' स्वामीजी ने अपनी बात जारी रखी, ''श्रीरामकृष्ण स्वामीजी को 'शुक' कहकर बुलाते थे। महाज्ञानी शुकदेव के लिए सबकुछ ही खेल है! जीवन खेल है! ब्रह्मांड खेल है!''

विस्मय की बेसुधी करने में निवेदिता और मिसेज बुल को थोड़ा वक्त लगा। स्वामीजी धीर-स्थिर खड़े रहे।

निवेदिता ने स्वामीजी से कहा, ''सामान समेटने, बाँधने-छाँधने का काम मैं अकेले ही निपटा लूँगी। आप नीचे की मंजिल पर फायर प्लेस के पास जाकर बैठें।''

15 फरवरी, 1900

तबीयत ठीक नहीं है। लेकिन उत्साह में कहीं कोई कमी नहीं। नहीं, कोई डॉक्टर नहीं, क्रिश्चियन साइंस का कोई व्यक्ति नहीं। इन दिनों स्वामीजी किसी एक महिला चिकित्सक की चुंबक-चिकित्सा के अधीन हैं। वह महिला हाथ से रगड़कर इलाज करती हैं। इस किस्म के इलाज से रोगी के अंदर के अनेक रोग ठीक हो जाते हैं, बहुतेरे लोगों की यही धारणा है।

कई दिनों पहले स्वामीजी ने मिस मेरी हेल को पत्र लिखकर जानकारी दी है कि उनका रोग ठीक हो गया है। असल में यह बदहजमी का मामला है। उन्हें दिल या किडनी का कोई रोग नहीं है। अजीर्ण से ही स्नायु की दुर्बलता की वजह से यह रोग जन्म लेता है। डॉक्टर की सलाह के मुताबिक हर रात खाना खाने के बाद वे 3 मील पैदल चलते हैं।

चुंबक-चिकित्सक ने स्वामीजी को धूम्रपान की मात्रा बढ़ा देने की सलाह दी है। डॉक्टर की इस सलाह से स्वामीजी परम प्रसन्न हैं। अब वे जी भरकर पाइप का कश लेते रहते हैं। फलस्वरूप स्वामीजी को लग रहा है कि उनकी सेहत पहले की तुलना में बाकायदा चंगी हो उठी है।

मिस मेरी हेल से स्वामीजी का हँसी-मजाक का रिश्ता है। पत्र लिखकर स्वामीजी ने यह जानना चाहा कि वह कभी किसी के प्यार में पड़ी हैं या नहीं? अगर वह करोड़पति न भी हो, आधा या चवन्नी करोड़पति बनने की कोशिश वह जरूर करे—स्वामीजी ने पत्र में उसे यह परामर्श भी दिया।

स्वामीजी जब पहली बार शिकागो धर्म सभा में व्याख्यान देने गए थे, तब उन्हें चरम दुर्गति का सामना करना पड़ा था। भयंकर भूख, थकान और कड़कड़ाती सर्दी में, जब वे मरणासन्न थे, तब मिस मेरी हेल की माँ ने उन्हें अन्न-वस्त्र व आश्रय दिया था। बिलकुल आखिरी समय में उन्होंने उनके लिए शिकागो धर्म सभा में व्याख्यान देने की अनुमति-पत्र का भी इंतजाम कर दिया था। स्वामीजी उस भद्र महिला को श्रद्धा अर्पित करते हुए उन्हें

'माँ' कहकर बुलाते थे। अभी भी वे उन्हें 'मदर चर्च' कहकर उनके प्रति श्रद्धा ज्ञापित करते हैं। महिला के पति को 'फादर पोप' कहकर संबोधित करते हैं।

मिस मेरी हेल को अपनी सेहत के आरोग्य होने की इतनी-इतनी बातें लिखने के बाद कई दिनों के अंदर ही स्वामीजी को दोबारा क्लांति और अवसाद ने घेर लिया।

अब उन्होंने कहा, "मुझे चाहिए आराम, मुट्ठी भर आहार, कई-एक किताबें और पढ़ाई-लिखाई के कुछ काम।"

लॉस एंजिलिस की ठंड बिलकुल उत्तर भारत के जाड़े जैसी है। हाँ, सिर्फ बीच-बीच में कई-एक दिन गरम होते हैं। आजकल गुलाबों का मौसम है। यहाँ बहुत सी जगहों में गुलाबों के बाग हैं। सड़कों के किनारे-किनारे कतार-दर-कतार पाम के पेड़। बार्ली के खेत! मिस मियेडी के घर के सामने फूलों का बगीचा! स्वामीजी इसी घर में ठहरे हैं।

जापान, होनोलूलू, चीन और जावा होते हुए स्वामीजी ने स्वदेश लौट आने का विचार किया। उन्हें ये देश देखने की प्रबल इच्छा थी।

बेलूर मठ पर बाली म्युनिसिपैलिटी द्वारा टैक्स बिठाने को लेकर मतभेद खड़ा हो गया है—इस खबर ने स्वामीजी को परेशान कर दिया। वे चाहते हैं कि उनके निजी नाम से खरीदी गई जमीन जल्द से-जल्द मठ के नाम अंतरित हो जाए। यही बात उन्होंने मिसेज ऊली बुल को भी समझाई।

खबर आई है कि निरंजन महाराज बेहद बीमार हैं, बिलकुल मरणासन्न! इन दिनों वे कलकत्ता में हैं। मृत्यु-संवाद आया कि स्वामीजी की बहन की पालिता बेटी का निधन हो गया है।

बहरहाल कोई भी दुःसंवाद या मृत्यु का समाचार स्वामीजी को अब खास चिंतित नहीं करता।

इतने सबके बीच उन्होंने निवेदिता को निराश होने को मना किया।

उन्हें भरोसा देते हुए उन्होंने कहा, "...लड़कियों के स्कूल के लिए रुपए आएँगे-ही-आएँगे। अगर न भी आएँ तो भी क्या फर्क पड़ता है? माँ सब जानती हैं। वे ही किसी-न-किसी राह से हमें आगे ले जाएँगी। वे चाहे जिस भी दिशा से ले जाएँ, सभी रास्ते एक समान हैं। तजुरबों के माध्यम से जब हम उपयुक्त हो उठेंगे, तब रुपए और लोग भी उड़कर आ पहुँचेंगे।"

मिस मूलर ने इंग्लैंड से बंडल भर अंग्रेजी अखबार लॉस एंजिलिस के पते पर स्वामीजी के यहाँ भेज दिया है। लिफाफे पर एक वाक्य में शुभकामना समेत दस्तखत करके उन्होंने पोस्ट कर दिया है। खामखयाली से भरे इनसान से सौगंध-बोध की आशा करना उचित नहीं है, स्वामीजी यह बात अच्छी तरह जानते थे। उन अखबारों में उन्हें कोई जरूरी खबर नजर नहीं आई। उन्हें तो यह भी समझ में नहीं आया कि मिस मूलर ने उन्हें इतने सारे अखबारों के बंडल आखिर भेजे ही क्यों? मिस मूलर की ऐसी ढेरों खामखयाली, फिजूल की अशांति की आशंका से स्वामीजी को खामोशी से झेलनी पड़ती है।

बड़े दिन के बाद से लेकर इन डेढ़ महीनों में मिस मेरी हेल, निवेदिता, मिस ऊली बुल और स्वामीजी के बीच कई-कई पत्र-विनिमय हुए और कई दिनों के अंदर वे प्यासाडोना चले जाएँगे। वहाँ उन्हें कई-कई व्याख्यान देना है। वहाँ से वे सैनफ्रांसिस्को चले जाएँगे।

स्वामीजी दोबारा धीरा माता ऊली बुल को खत लिखने बैठे—

"जब मैं अकेला होता हूँ, तभी ज्यादातर भले-भले काम कर सकता हूँ और जब पूरी तरह असहाय होता हूँ, तभी मेरा तन-मन सबसे अधिक भला-चंगा रहता है। जब मैं अपने गुरु भाइयों को छोड़कर आठ वर्षों तक सर्वथा अकेला रहा, तब कभी एक दिन के लिए भी बीमार नहीं हुआ। अब फिर एक बार अकेले होने की तैयारी है। है न अद्भुत बात!

"लेकिन लगता है, माँ जैसे मुझे इसी तरह रखना चाहती है। जैसे जो 'निःसंग गैंडे' की तरह अकेले-अकेले सैर करना चाहती है।"

20 अप्रैल, 1900

कई दिन पहले न्यूयॉर्क में वेदांत सोसाइटी के कामकाज को लेकर गड़बड़ी मची हुई है। मिस्टर लेगेट ने सभापति के पद से इस्तीफा दे दिया है। अभी तक वही इस सोसाइटी के सभापति थे। वे धनी हैं, स्वामीजी के

मित्र हैं, दरियादिल हैं और वेदांत-अनुरागी हैं।

इन दिनों स्वामीजी को मिस मैकलाउड और मिसेज बुल से जो पत्र मिल रहे हैं, उन सभी में उत्तेजित, गरमागरम संवाद और झुँझलाहट की छाप होती है। उन खतों से यह साफ जाहिर होता है कि वे सभी लोग स्वामी अभेदानंद के कामकाज से नाराज हैं। अभेदानंद सबकुछ अपने हाथ में रखना चाहते हैं। बहरहाल, झगड़ा निपटाने के लिए उन लोगों ने स्वामीजी से न्यूयॉर्क वापस आने का अनुरोध किया है।

अब रुपए-पैसे कहाँ से आएँ?

अभेदानंद ने जब इस बारे में जानना चाहा तो स्वामीजी ने उन्हें जानकारी दी, ''मिस्टर लेगेट को अब वेदांत में कोई उत्साह नहीं है। अब वे मदद नहीं करेंगे। तुम खुद अपने पैरों पर खड़े हो।''

मिस मैकलाउड और मिसेज लेगेट के खत पढ़कर स्वामीजी को जो थोड़ा-बहुत समझ में आया, उन्होंने उसी के मुताबिक अभेदानंद को सलाह दी।

अभेदानंद ने जानकारी दी कि वे न्यूयॉर्क छोड़कर चले जाना चाहते हैं। उन्हें शायद यह लगा कि मिसेज बुल और मिस मैकलाउड ने उनके खिलाफ स्वामीजी के कान भरे हैं, उनके खिलाफ काफी कुछ लिखा है। जवाब में स्वामीजी ने उन्हें धीरज रखने को कहा। स्वामीजी ने यह भी लिखा कि उनके बारे में मिसेज बुल और मिस मैकलाउड हमेशा अच्छी-अच्छी बातें ही लिखती हैं।

शुरू-शुरू में मिसेज स्टर्डी और मिसेज जॉनसन से मत-विरोध, बाद में मिसेज बुलर से अभेदानंद का मतभेद ऐसे चरण में पहुँच गया, जिसका धक्का स्वामीजी को सँभालना पड़ रहा है। जिंदगी के आँधी-तूफान शायद ऐसे ही सँभालने पड़ते हैं। इससे कहीं, कभी कोई रिहाई नहीं मिलती।

आजकल स्वामीजी की तबीयत ठीक नहीं चल रही है। मिसेज सिल्टन के इलाज से थोड़ा-बहुत सुधार तो हुआ है, लेकिन वे पूरी तरह स्वस्थ नहीं हैं। ऊपर से यह झंझट! न चाहते हुए भी मन पर बेवजह ही बोझ पड़ गया है।

काम अपना रूप तो लेता ही है। लेकिन मैकलाउड और मिसेज बुल की धारणा है कि स्वामीजी यह मसला जानबूझकर टालते जा रहे हैं। वे भी

भला क्या करें? परेशानी या समस्या किस बात को लेकर है, इस बारे में मिस मैकलाउड और मिसेज बुल ने स्पष्ट भाव से कुछ नहीं लिखा।

स्वामीजी ने मैकलाउड को जानकारी दी, ''दूसरों के मन की बात जान लेने की विद्या मुझमें नहीं है।''

लगभग साढ़े पाँच वर्ष पहले स्वामीजी के प्रोत्साहन पर न्यूयॉर्क में वेदांत सोसाइटी की स्थापना हुई थी। कार्य-संचालन की जिम्मेदारी स्वामी शारदानंद और अभेदानंद को सौंपी गई थी। बेलूर में नए मठ की देख-रेख के लिए दो वर्ष हुए शारदानंद स्वदेश लौट आए हैं। लेकिन, कई महीने पहले, तुरीयानंद स्वामीजी के साथ विदेश आए थे और वे न्यूयॉर्क के कामकाज में शामिल हो गए हैं।

इधर मिसेज मैकलाउड वगैरह लंदन में हैं, यह सोचकर दो दिन पहले स्वामीजी ने उसी ठिकाने पर पत्र भेजा था।

पत्र में स्वामीजी ने लिखा—''सच तो यह है कि कहीं और ज्यादा गड़बड़ी न मच जाए, इसी डर से मैं चुप हूँ। तुम तो जानती ही हो कि मेरे सारे इंतजाम बिलकुल कड़ियल होते हैं, भयानक कड़ियल! एक बार मेरे सिर पर अगर भूत सवार हो जाए, तो ऐसी दहाड़ लगाऊँगा, ऐसा चीखना-चिल्लाना शुरू करूँगा कि अभेदानंद के मन की शांति-चैन भंग हो जाएगी। मैंने उसे सिर्फ इतनी सी बात लिख भेजी है कि मिसेज बुल के बारे में उनकी सारी धारणा बिलकुल गलत है।

''तुम समझ सकती हो कि मैं क्यों अभेदानंद के मामले में हाथ नहीं डाल रहा हूँ।

''मैं कौन होता हूँ, जो कि दूसरों के काम में अड़ंगा डालूँ? अरसा हुआ, मैंने नेतृत्व छोड़ दिया है। किसी भी विषय में मुझे यह हक नहीं है कि मैं कहूँ, 'यह मेरी इच्छा है।' इस वर्ष की शुरुआत से ही मैं भारत के कामों में किसी तरह का आदेश देना छोड़ दिया है और यह बात तुम भी जानती हो।''

स्वामीजी इन दिनों सैनफ्रांसिस्को होते हुए कैलिफोर्निया पहुँच गए हैं। यहाँ कई-कई जगहों पर व्याख्यान देने का उन्हें आमंत्रण मिला है। बीच में वे स्टॉकटन में भी कुछेक दिन रहे। न्यूयॉर्क वापस लौटने में अभी भी उन्हें चौदह-पंद्रह दिन लग जाएँगे।

समय के नियम से ही समय चलता रहा। कामकाज किसी के लिए थमा नहीं रहता। कैलिफोर्निया के आलापेडा से स्वामीजी ने आज जो उर्फ मैकलाउड को पत्र लिखा है—''...तुम और मिसेज लेगेट चाहते थे कि मैं उसे (अभयानंद को) स्वाधीन और आत्मनिर्भर होने के लिए लिखूँ। मैं यह भी लिखूँ कि मिस्टर लेगेट अब उसकी और मदद नहीं करेंगे। मैंने उसे यही लिख दिया है। अब इससे अधिक मैं और क्या कर सकता हूँ?

''अगर कोई रामा-श्यामा तुम्हारी बात न सुने तो क्या उसके लिए मुझे फाँसी पर चढ़ना होगा? इस वेदांत सोसाइटी के बारे में मैं भला क्या जानता हूँ! यह संस्था क्या मैंने शुरू की थी? उसमें क्या मेरा कोई हाथ था भला? सबसे बड़ी बात यह कि इस बारे में मुझे दो पंक्तियाँ लिखने की भी जरूरत किसी ने महसूस नहीं की।''

असल में यह दुनिया बेहद-बेद विचित्र है।

सितंबर का कोई एक दिन : 1900

भोर हो आई है। चारों तरफ फैले श्वेत कुहासे के बीच में फीकी लाल रोशनी फूट आई है। किसान की मालवाही गाड़ी में निवेदिता सवार हो गईं। गाड़ी चल पड़ी।

निवेदिता ब्रिटानी से अकेले ही इंग्लैंड लौट रही हैं। उद्देश्य है—भारत के कामकाज के लिए और थोड़ा सा अर्थ-संग्रह करना। लेकिन कितने दिन इंग्लैंड में रहेंगी, किस ढंग से कामकाज करेंगी, इस बारे में उनके मन में कोई स्थायी परिकल्पना नहीं है।

समुद्र-यात्रा से कई दिनों पहले, बाग बाजार में माँ के घर, दोपहर का आमंत्रण था। जाने किसने तो निवेदिता से पूछा, ''वे कब लौटेंगे?''

निवेदिता उन्हें कोई जवाब देने जा रही थीं। खाना रोककर स्वामीजी ने ही धीमी आवाज में कहा, ''फर्ज करो, दो वर्षों में भी न लौटें!''

कल स्वामीजी निवेदिता की कुटिया में आए थे। उन्हें आशीष देते हुए

उन्होंने कहा, ''सुनो, दुनिया की राह पर निकल पड़ो।···अगर मैंने तुम्हारी सृष्टि की है तो ध्वंस हो जाओ और अगर माँ ब्रह्ममई ने तुम्हारी रचना की है तो जीती रहो।''

स्वामीजी को आशंका है कि इंग्लैंड लौटकर निवेदिता को क्या भारत की याद रहेगी? क्योंकि भारत में बहुतेरी धोखेबाजी का सामना करना पड़ा था उन्हें।

कई दिनों पहले ही निवेदिता पेरिस की साइंस कांग्रेस में शामिल हुई थीं। वहाँ उन्होंने भारतीय वैज्ञानिक जगदीश चंद्र बसु और एडिनबरा विश्वविद्यालय के प्रोफेसर, जीव-विज्ञानी पंडित पैट्रिक गोडेस की कई-कई तरह से मदद की थी।

स्वामीजी को विश्वास था—पाश्चात्य देशी लोगों की एक खासियत यह है कि वे लोग स्वयं जिसे अच्छा समझते हैं, वह दूसरों पर भी जोर-जबरदस्ती लादने की कोशिश करते हैं। वे लोग भूल जाते हैं कि किसी एक के लिए जो अच्छा है, वह दूसरों के लिए अच्छा नहीं भी हो सकता है।

स्वामीजी ने सीधे-सीधे अपनी आशंका निवेदिता के सामने भी जाहिर कर दी, ''अपने नए दोस्तों के साथ मिलने-जुलने के फलस्वरूप तुम्हारा मन जिस तरफ झुकेगा, तुम दूसरों में भी जोर-जबरदस्ती वही भाव देने की कोशिश करोगी। सिर्फ इसी वजह से मैं कभी-कभी कोई विशेष प्रभाव से तुम्हें दूर रखने का कोशिश कर रहा था। इसके अलावा, इसकी और कोई वजह नहीं है। तुम तो आजाद हो। तुम अपनी पसंद के मुताबिक अपना काम चुन लो।''

ऊबड़-खाबड़ राह पकड़कर मालवाही गाड़ी आगे बढ़ती रही। निवेदिता सोचती रहीं—दंभ, पर-चर्चा, पर-निंदा, आत्म-विज्ञापन, गर्व, दूसरों के प्रति घृणा और असहिष्णुता कभी नहीं मरती। मुमकिन है, ये सब विलास-वासना के मुकाबले कम अश्लील हैं, लेकिन इन सबको मारना बीस हजार गुना सख्त और मुश्किल है।

आज ये सब बातें क्यों याद आ रही हैं? निवेदिता नहीं जानतीं। उन्हें लगता है कि अँधेरे-उजाले के काँटों भरे जंगल में वे फँस गई हैं। यह प्रश्न एक विचित्र खिन्नता है। इन सबके बीच आनंद भला कैसे संभव है? जब आनंद ही न हो तो अपने को दूसरों का सहाय बनाने जैसा मन का यथेष्ट

जोर ही भला कैसे मिल सकता है!

स्वामीजी ने उनसे कहा था, ''उपलब्धि की आकांक्षा ने तेज बुखार की तरह उन पर कब्जा कर लिया था।''

गाड़ी आगे बढ़ती रही।

निवेदिता ने देखा, दूर लानियंग में उनकी कुटिया के बाहर स्वामीजी खड़े थे। उनकी बाँहें आशीर्वाद की मुद्रा में ऊपर की ओर उठी हुई थीं।

26 दिसंबर, 1900

आनंद मुखर और कर्म चंचल पेरिस! दृढ़ गठित प्राचीन कॉन्सतंतिनीयल! इतिहास ओढ़े छोटा सा, नन्हा सा एथेंस! पिरामिड-शोभित कायरो—यह सब पीछे छोड़कर स्वामीजी दोबारा बेलूर लौट आए हैं।

चारों तरफ कैसी शांत खामोशी! प्रशस्त गंगा नदी दीप्त सूर्यालोक में नाचती हुई। सिर्फ दो-एक मालवाही नावों की पतवार की आवाजें उस स्तब्धता को क्षणांश के लिए चीर-चीर जाती थीं।

पाश्चात्य का सफर दूसरी बार पूरी करके इस महीने की 9 तारीख को स्वामीजी स्वदेश लौट आए हैं। अपने प्रिय बंधु मिस्टर सेवियर की बीमारी की खबर उन्हें विदेश में ही मिल गई थी। वे हड़बड़ाकर लौटे जरूर, फिर भी स्वामीजी की उनसे आखिरी भेंट नहीं हो सकी। उन्होंने यहाँ आकर सुना कि मिस्टर सेवियर कई दिनों पहले ही इस असार संसार से विदा हो चुके हैं।

हिमालय की गोद में मिस्टर सेवियर के प्रतिष्ठित आश्रम की बगल से ही एक स्वर-स्रोता नदी बहती हुई। उसी नदी-तट पर हिंदू रीति से उनका दाह किया गया। पुष्प-मालाओं से सुशोभित उनकी देह को ब्राह्मण लोग वहन करके ले गए थे और ब्रह्मचारियों ने वेद-पाठ किया था।

लेकिन मिसेज सेवियर अपने पति की मृत्यु से टूटीं नहीं। उनके मृत्यु-शोक से वे बेहद जल्दी सँभल गईं।

कैप्टेन जॉन हेनरी सेवियर किसी समय भारतीय सेनावाहिनी में कार्यरत थे। रिटायर होने के बाद वे हेंपस्टेड में स्थित अपने घर लौट गए। वे और उनकी पत्नी दोनों ही धर्म-परायण थे। इंग्लैंड में रहते हुए स्वामीजी के व्याख्यानों ने उन्हें मुग्ध कर लिया।

स्वामीजी से जान-पहचान होने से पहले मिस्टर सेवियर ने मिस मैकलाउड से सवाल किया था, ''आप उस शरीफ नौजवान को जानती हैं? वे जैसे दिखते हैं, क्या सच ही वे वैसे ही हैं?''

मैकलाउड ने जवाब दिया, ''हाँ!''

उसके बाद उन्होंने अपनी पत्नी शर्लोट से जाकर पूछा, ''अगर मैं स्वामीजी का शिष्य बन जाऊँ तो तुम अनुमति दे दोगी न?''

शर्लोट ने जवाब दिया, ''हाँ!''

अगले ही पल शर्लोट ने अपने पति से पूछा, ''तुम मुझे स्वामीजी की शिष्या होने दोगे न?''

प्रत्युत्तर में उन्होंने भेद भरे लहजे में कहा, ''फिलहाल मैं ठीक-ठीक नहीं बता सकता।''

इसके बाद सेवियर दंपती ने स्वामीजी का शिष्यत्व ग्रहण कर लिया। स्वामीजी मिसेज सेवियर को 'माँ' कहकर संबोधित करते थे। फलस्वरूप उन दोनों प्राणियों को स्वामीजी सिर्फ गुरु-रूप में ही नहीं, पुत्र-रूप में भी मिले थे।

वे दोनों पति-पत्नी स्वामीजी के साथ भारत चले आए। उन दोनों के साथ और एक अंग्रेज भी आए थे—जोसिया जॉन गुडविन। सेवियर दंपती ने हिमालय के करीब अल्मोड़ा जिले में आश्रय लिया था। मायावती में उन दोनों ने एक खूबसूरत आश्रम स्थापित किया। विशाल बाग! मैदान! फलों के पेड़! उस आश्रम को घेरे हुए दूर-दूर तक फैला हुआ विशाल जंगल! मिस्टर सेवियर ने वहाँ के स्थानीय लोगों के जरिए एक खूबसूरत सी सड़क भी तैयार कराई। इन्हीं दंपती ने स्वामीजी के अनुरोध पर 'प्रबुद्ध भारत' नामक अंग्रेजी अखबार चलाने का पूरा-पूरा जिम्मा अपने ऊपर ले लिया।

गुडविन पहले ही दिवंगत हो चुके थे। उनके बाद मिस्टर सेवियर।

इस शोक-संवाद से दुःखी होकर स्वामीजी ने कहा, ''हमारे आदर्शों के लिए इसी बीच दो-दो अंग्रेजों ने आत्मदान दे डाला।''

"जब अंतस में महा-यातना उपस्थित होती है, चारों तरफ दु:ख का प्रचंड आँधी-तूफान उमड़ आता है। लगता है, यह यात्रा अब आलोक नहीं देख पाएगी। जब आसरा-भरोसा लगभग छोड़ जाने को आमादा हो उठती है, तभी इस महा-आध्यात्मिक दुर्योग में से ही अंतर्निहित ब्रह्मज्योति को स्फूर्ति मिलती है! खीर-मक्खन खा-खाकर, रुई के बिस्तर पर सो-सोकर, आँखों से बूँदभर भी आँसू बहाए बिना कौन, कब, बड़ा हुआ है? किसका ब्रह्म कब विकसित हुआ है? रोने से डरते क्यों हो? रोओ, जी भरकर रोओ! रोते-रोते ही दृष्टि साफ-स्वच्छ होगी, तभी धीरे-धीरे इनसान जंतु, पेड़-पौधे से दूर होता है और उसकी जगह सर्वत्र ब्रह्म-दर्शन होते हैं। तब—

सम्: पश्यन हि सर्वत्र समवस्हितमीश्वरम्।
न हिनस्त्यात्मनात्मान: ततो यति परा: गतिम्॥'

'—सर्वत्र समान भाव से विद्यमान ईश्वर को जानकर स्वयं और स्वयं से हिंसा नहीं करते (यानी सबकुछ वे ही हैं), तभी परम गति को प्राप्त होते हैं।'

तीन दिनों पहले स्वामीजी ने यह पत्र जागुलिया वासिनी अपनी एक रिश्तेदार मृणालिनी बसु को लिखा था।

आज की डाक से उन्हें मिसेज बुल और एल्बर्ट का पत्र मिला है। पेरिस के पते पर मिसेज सेवियर ने उन्हें जो पत्र भेजा था, वह इसी डाक से वापस आया है। कल स्वामीजी उनसे मिलने के लिए मायावती रवाना होने वाले हैं।

इन दिनों जाड़े का मौसम है, दोपहर काफी गरम और उजली-धुनी होती है। इस समय बंगाल की आबोहवा दक्षिणी कैलिफोर्निया के जाड़े के मौसम जैसी होती है। हर ओर हरे और सुनहरे रंगों का समारोह होता है। खिच्ची-खिच्ची घास बिलकुल मखमल जैसी! वाताश शीतल! आरामदेह! अनाच्छादित तुषार से ढका हिमालय और अधिक खूबसूरत लगता है।

मिस मैकलाउड के खत का जवाब लिखते हुए स्वामीजी ने लिखा—

"I look behind and after
And find that all is right,
In my deapest sorrows
There is a soul of light."

6 जनवरी, 1901

सही-साबुद जो होना था, हो गया। बस, अब ऑफिसियल कुछ काम बाकी रह गए हैं। हावड़ा के रजिस्ट्रार दफ्तर से निकलकर स्वामीजी सामने के बरगद-तले बैठ गए। सामने ही जिला-शासक का बँगला, जितमा अदालत और डाक घर।

करीब ही कोई आदमी डाब बेच रहा था।

उसे देखकर स्वामी ब्रह्मानंद ने स्वामीजी से पूछा, ''डाब पीओगे?''

स्वामीजी ने सुबह से ही कुछ नहीं खाया-पिया था।

कई बार उनसे खाने को कहा गया, लेकिन स्वामीजी ने कहा, ''पहले सही-साबुद का झंझट निपट जाने दो, उसके बाद खाऊँगा-पीऊँगा।''

डाब-विक्रेता से मुखातिब होकर स्वामीजी ने कहा, 'जा अब अच्छा सा एक डाब पिला। लेकिन सुन, दाम के बारे में कंजूसी मत करना। जो भी दाम माँगे, दे देना।''

मठ स्थापित हो जाने के बाद भी, चूँकि मठ की जमीन स्वामीजी के नाम पर काफी मोटी रकम का टैक्स लाद दिया, क्योंकि बाली पुरसमा के कर्ताओं का वक्तव्य था कि यह मठ कोई धार्मिक स्थान नहीं है। वह विवेकानंद की बागान-कोठी है। इसी तरह स्वामीजी और बाली म्युनिसिपैलिटी में विवाद शुरू हो गया। वह मुकदमा लगभग साल भर के ऊपर चला। शुरू-शुरू में यह मुकदमा जिला कोर्ट की राय के खिलाफ हाई कोर्ट में अपील की गई।

हाई कोर्ट ने हावड़ा के जिला-मजिस्ट्रेट मिस्टर कुक को तफ्तीश करने की हिदायत दी। ट्रस्ट-डीड तैयार करने के बावजूद जमीन हस्तांतरण में देर हो जाने की वजह से जमीन स्वामीजी के नाम ही रह गई। इसका एक बहुत बड़ा कारण यह था कि जिन सब पाश्चात्य भक्तों के रुपयों से मठ की जमीन खरीदी गई थी, वे लोग ही ट्रस्ट-डीड करने में बाधा दे रहे थे। वे लोग स्वामीजी को पहचानते थे। स्वामीजी के दो-एक गुरु-भाइयों को छोड़कर

मठ के अन्यान्य संन्यासी-ब्रह्मचारियों से उन लोगों का खास कोई परिचय नहीं था। वे लोग चाहते थे कि मठ की खरीदी हुई संपत्ति स्वामीजी ने तत्काल ट्रस्ट-डीड करने की जरूरत उन लोगों को समझाया, क्योंकि मठ को लेकर बहुतेरे लोग, बहुतेरी बातें बनाने लगे थे। यहाँ तक कि वाली म्युनिसिपैलिटी के कर्ता तक ने उन पर आरोप लगाना नहीं छोड़ा। उन लोगों ने कहा, ''म्लेच्छ साहब-मेमों के साथ मठ के लोगों का हर क्षण का उठना-बैठना है! हाँ, उन लोगों की पोशाक वगैरह साधुओं जैसी जरूर है। यही सब चिंता-फिकर की बात है। अरे, वे लोग अपनी जाति से उखड़े हुए साधु हैं! जिसे ये लोग मठ कहते हैं, असल में वह रुपए रोजगार करनेवाली मशीन है। प्रचुर फंड है इनके पास। संदूक में गड्डी-गड्डी पाउंड-डॉलर! वे लोग टैक्स नहीं देंगे तो और कौन देगा? बाइस बीघा जमीन पर एक विशाल बगान-कोठी बनवाई है। वहाँ उन लोगों की खास खातिर-तवज्जो होती है। वे लोग जुबान से तो कहते हैं कि हम संन्यासी हैं। नितांत अपना या निजी कह सकें, ऐसा कुछ भी नहीं है हमारे पास! कानी कौड़ी भी नहीं है। अगर नहीं है तो इतना सब हो कहाँ से रहा है? असल में वह विवेकानंद की बागान-कोठी है।''

मठ-कर्ताओं को जिला कोर्ट के कठघरे में खड़े होकर विवादी पक्ष के वकील के ऐसे तीखे-तीखे, रसीले सवाल झेलने पड़े। बाली म्युनिसिपैलिटी के कर्ता लोग वकीलों के वे सब वक्तव्य सुनकर सिर हिला-हिलाकर सहमति जताते रहे। वक्र हँसी और मुसकान के जरिए यह समझाने की कोशिश की कि जैसे घुमावदार पेंच में फँसा दिया।

स्वामी विवेकानंद बनाम बाली म्युनिसिपैलिटी के मुकदमे के दिनों में इजलास में भीड़ मानो उफनी पड़ती थी। वादी-विवादी पक्ष के वकीलों की बहस-मुबाहसे के दौरन बहुत सी अप्रिय बातें भी उठीं। आम दर्शकों में बार-बार गुँजन दबी-दबी हँसी और विद्रूप सुनाई देती रही।

''और एक डाब पीओगे?'' स्वामी ब्रह्मानंद ने दरयाफ्त किया।

स्वामीजी ने कहा, ''नहीं, रहने दो!'' लेकिन अगले ही पल वे कह उठे, ''बेहद मीठा पानी था रे! ला, और एक डाब पिला।''

29 मार्च, 1901

महीने भर हुए, स्वामीजी अपनी माँ को लेकर तीर्थ-दर्शन पर गए हैं। कई-एक गुरुभाई के अलावा माँ के साथ-साथ हैं बहन स्वर्णमयी देवी, चाची शारदा सुंदरी देवी, राम दादा की विधवा पत्नी समेत कई और भी महिलाएँ हैं। इन दिनों वे लोग ढाका में हैं।

पहले रामेश्वरम जाने की बात थी। लेकिन स्वामीजी उतनी दूर तक की थकान नहीं झेल पाएँगे, यह सोचकर बाद में यह तय हुआ कि चंद्रनाथ और कामाख्या ही जाया जाएगा।

तीर्थ-तीर्थ घूमने के लिए निकलकर माँ कई एक दिनों के अंदर ही जान गईं कि उनके बेटे की देह में एकाधिक व्याधियों ने अपना घोंसला बना लिया है। माँ की छाती अजानी आशंका से काँप उठी। बड़ी मनौतियों के बाद यह बेटा मिला था। क्या किसी पूजा-अर्चना, निष्ठा में कहीं कोई गलती हो गई?

ढाका से नाव पर सवार होकर बूढ़ी गंगा के किनारे-किनारे नारायणगंज के शीतलाक्षा नदी में मिलते हैं। उस नदी का दृश्य अत्यंत मनोरम होता है। यह नदी-पथ धलेश्वरी नदी में जा मिलती है। उसके बाद वहाँ से ब्रह्मपुत्र!

परसों बुद्धाष्टमी के दिन सभी लोगों ने लांगलबंध की ब्रह्मपुत्र नदी में स्नान किया।

लाखों-लाख पुण्यार्थियों की भीड़! हरि नाम-संकीर्तन, उलू-ध्वनि से मुखर पुण्यतीर्थ, लोक-विश्वास है कि लांगलबंध में नहाकर परशुराम मातृ-वध से जुड़े पाप से मुक्त हो गए थे। उसी समय से वह जगह हिंदू नर-नारियों के लिए महातीर्थ में परिणत हो चुका है।

पुण्य योग में स्नान कर पाने की वजह से माँ बेहद खुश हुईं।

ब्रह्मपुत्र के पुराने खड्डे के तौर पर इस नदी पथ में बेहद चौड़ी-रेतीली जगह भी है। यहाँ पानी कम गहरा है। मेले के समय हैजा फैल सकता है,

यह सोचकर स्वामीजी ने सबको सावधान कर दिया था, ताकि कोई उस नदी का पानी न पीए, हालाँकि बहुतेरे लोगों की यह धारणा है कि तीर्थ का जल पीने से देह–काया पवित्र होती है।

तीर्थों की सैर के बाद स्वामीजी की स्फूर्ति का ठिकाना नहीं था।

आज सुबह ही उन्होंने यह जानना चाहा कि किसी ने उस तीर्थ का जल तो नहीं पीया। सभी ने इनकार में सिर हिला दिया। लेकिन स्वामीजी ने हँसते–हँसते यह कबूल कर लिया कि नहाते समय उन्होंने थोड़ा सा जल पी लिया था।

स्टीमर से जाते समय उन्होंने पद्मा नदी की ईलिश मछलियाँ खरीद लीं और माँझी–मल्लाह समेत सबको मछलियाँ खिलाईं। इस तरह सबको खिला–पिलाकर उन्हें बेहद तृप्ति होती थी।

भ्रमण पर जाने से कई दिनों पहले ही स्वामीजी ने पत्र लिखा था—"अब लगता है कि साल भर भी नहीं बचूँगा।"

यहाँ से चंद्र का दर्शन करके माँ को लेकर कामाख्या जाने का मन था। कामाख्या जाने के लिए रेल–पथ नहीं था। पहाड़ के शिखर पर चंद्रनाथ के दर्शनों के लिए जाने में झमेले भी कुछ कम नहीं हैं।

जोसेफिन मैकलाउड इन दिनों जापान में थीं। उन्होंने सूचित किया है कि उनकी कॉर्नेलिया सोराबजी से भेंट हुई थी।

कॉर्नेलिया के पिता लिमडी के ठाकुर साहब के साथ स्वामीजी कभी किसी समय पुणे में रहा करते थे। इसलिए कॉर्नेलिया की माँ स्वामीजी को पहचानती थीं।

पत्र में मैकलाउड ने लिखा है कि जापान में उनकी जान–पहचान मिस्टर जमशेदजी टाटा से हुई है। वे काफी सज्जन व्यक्ति हैं। उन्होंने स्वामीजी के बारे में जानना चाहा है।

जमशेदजी टाटा के साथ स्वामीजी की गहरी दोस्ती है। दोनों में पत्र–व्यवहार भी होता है!

मिस मारग्रेट नोबल इन दिनों इंग्लैंड में हैं।

स्वामीजी ने निवेदिता को सलाह दी है कि इंग्लैंड में वे अपनी परिकल्पनाएँ पक्की कर लें और वापस आने से पहले उन सबके कारगर होने

के बारे में थोड़ी-बहुत जाँच-परख भी कर आएँ। कोई स्थायी भला करम करने में वक्त लगता है।

स्वामीजी की माँ बीच-बीच में अकसर मारग्रेट का जिक्र छेड़ बैठती हैं। स्वामीजी संक्षेप में निवेदिता का हाल-अहवाल दे देते हैं।

मिसेज उली को खत लिखते हुए स्वामीजी ने लिखा—"पता नहीं आपसे मेरी माँ की क्या बातचीत हुई थी। मैं तो वहाँ मौजूद था नहीं। लगता है, उन्होंने मारग्रेट को देखने में अपनी उत्सुकता दिखाई है। शायद और कोई बात नहीं है।

"...ढाका तो खासा अच्छा ही लग रहा है। मैं अपनी माँ और बाकी सभी महिलाओं को लेकर चंद्रनाथ जा रहा हूँ। यह पूर्वी बंगाल के आखिरी छोर पर स्थित तीर्थस्थान है।

"पुनश्च : मेरी एक बहन और मेरी माँ आपको व मारग्रेट को अपनी प्रीति भेज रही हैं।"

5 जुलाई, 1901

स्वामीजी की तबीयत बेहद खराब चल रही है। कुछ दिन तबीयत ठीक-ठाक रहती है, मगर उसके बाद ही अवश्यंभावी टूट-फूट हमलावर हो उठती है। उनके रोग की गति-प्रकृति ही ऐसी है। उनकी हँफनी भी किसी हाल में कम नहीं हो रही है। आसाम के पहाड़ी स्वास्थ निवास में और शिलांग में स्वामीजी का बुखार, हँफनी और ऐलबुमिन रोग बढ़ गया था।

पूर्वी बंगाल और आसाम भ्रमण के बाद हाल ही में वे बेलूर लौटे हैं। कश्मीर के बाद ही आसाम भारत की सर्वाधिक खूबसूरत जगह है। लेकिन बेहद अस्वास्थ्यकर! द्वीपमय ब्रह्मपुत्र नद, पहाड़-पर्वतों के बीच से टेढ़े-तिरछे दूर तक चला गया है। वह दृश्य दर्शनीय होता है।

पूर्वी बंगाल की नदियाँ मानो तरंग-संकुल, स्वच्छ जल समुद्र हों। यहाँ

नदी बिलकुल है ही नहीं और ये इतनी दीर्घ हैं कि पूरे वर्ष इन पर स्टीमर चल सकता है। इस देश को 'जल का देश' कहा जाता है।

अभी हाल में ही स्वामीजी को बंधु-वियोग हुआ है। खेतड़ी के राजा अजित सिंह का निधन हो गया है। वे स्वामीजी के सच्चे मित्र थे।

खेतड़ी में रहते हुए स्वामीजी एक बार हंटिंग लॉज में कुछ दिनों के लिए सैर के लिए गए थे। उस लॉज की बगल में एक विशाल बाँध था। स्वामीजी बीच-बीच में उस बाँध-किनारे जा बैठते थे। साहब के दिवान कन्हाईलाल की देख-रेख में लगभग 86 हजार रुपए में यह बाँध तैयार किया गया था। जयपुर के रेजीडेंट कर्नल पीकॉक ने इस बाँध का उद्‌घाटन किया था। पुराने स्थापत्य-कीर्तियों का संस्कार कराने की उन्हें जैसे धुन थी। वही धुन उनकी मौत की वजह बन गई। आगरा के सिकंदरा में सम्राट् अकबर की कब्र की मोहक स्थापत्य-कला का अपने खर्च पर संस्कार करा रहे थे। कामकाज के परिदर्शन के लिए गए थे। वहीं कब्र के एक ऊँचे स्तंभ से उनका पाँव फिसल गया और एकबारगी कई सौ फीट नीच आ गिरे।

मिस मैकलाउड इन दिनों जापान में हैं। वह देश देखकर वे एक बार मुग्ध हो गईं। वे स्वामीजी को भी उस देश का भ्रमण करने को बार-बार लिखती रहीं। चाहते हुए भी स्वामीजी के लिए अकेले जापान जाना संभव नहीं हो पाया। रोग झेलती हुई सेहत अब ज्यादा श्रम और थकान बरदाश्त नहीं कर पाता था।

स्वामीजी जब पहली बार पाश्चात्य देश गए थे, तब जापान की तरफ से ही वे अमेरिका गए थे। उन्होंने देखा था कि जापानी लोग अपने देश के लिए सबकुछ त्याग करने के लिए तैयार रहते हैं। उन्हें आभास हो गया था कि यह देश काफी तरक्की करेगा।

इधर किस मेरी हेल इन दिनों वेनिस में थीं। वहाँ से उन्होंने स्वामीजी को लंबा खत लिख भेजा है।

शेक्सपियर का लिखा हुआ विख्यात नाटक 'मर्चेंट ऑफ वेनिस' का वृद्ध शाइलॉक का मकान भी तो यहीं स्थित था। प्राचीन इतिहास से प्यार करनेवाली मेरी हेल कहीं उस वृद्ध का मकान खोजने तो नहीं निकल पड़ीं—यह कल्पना करते हुए स्वामीजी मन-ही-मन हँसते रहे।

न्यूयॉर्क छोड़कर फ्रेंच जहाज 'ला-शैंपेन' में सवार होकर पेरिस-यात्रा

से एक दिन पहले स्वामीजी ने अपनी प्रिय जो को खत लिखा था। उस खत में इन्होंने जानना चाहा था कि मिशन की सील-मुहर का प्रतीक चिह्न का खयाल उन्हें कैसा लगा?

मेरी हेल के खत का जवाब देते हुए स्वामीजी ने लिखा—"मिशन के सील मुहर का साँप रहस्य-विद्या का प्रतीक है, लहरें लेता हुआ जल कर्म का, कमल प्रेम का और इन सबके बीच स्थित हंस परमात्मा का प्रतीक है! हृदय सरोवर है!

"तन्नो हंसः प्रचोदयात्।"

7 दिसंबर, 1901

इन दिनों भारी बारिश हो रही है। दिन-रात मूसलधार बारिश का सिलसिला जारी है। पिछले तीन दिनों से आकाश लगातार बरस रहा है। सिर्फ बरसात, बरसात और बरसात। बेलूर के गंगा-घाट पर जल लहर-लहर उमड़ता हुआ। नदी में तेज बहाव। गंगा उफनती हुई। मठ के सारे पोखरों में जल किनारा तोड़कर बहता हुआ।

मठ की जमीन चूँकि नीची थी, इसलिए वहाँ वर्षा का पानी ठहर जाता था। किसी-किसी जगह वर्षा का पानी कई-कई फीट जम जाता था। मठ के लोगों को भीषण कष्ट था। लेकिन स्वामीजी के पालतू हंस-हंसिनी और विशालकाय सारस सही-सलामत व आराम से थे। पानी पाकर वे जानवर खासे खुश थे। उन जंतुओं की यहाँ-वहाँ घूमने-फिरने में सुविधा हो गई थी। लेकिन इस बीच कल ही उस हंसिनी ने दम तोड़ दिया। प्रायः हफ्ते भर से उसे साँस लेने में भीषण तकलीफ हो रही थी, इसलिए सुबह से ही स्वामीजी का मन बेतरह उदास था। किसी की भी मौत पर उन्हें बेहद तकलीफ होती है। उनके पालतू जीव-जंतु उन्हें बेहद प्रिय हैं।

सुबह-सुबह उन्हें इस कदर उदास-हताश देखकर किसी हास्य-रसिक बूढ़े साधु ने स्वामीजी से कहा, "सुनिए जनाब, इस कलियुग में जब बरखा-

पानी में हंस को भी सर्दी लग जाती है और मेढक भी छींकने लगते हैं, तब जीने से कोई फायदा नहीं है।''

उसकी बात सुनकर स्वामीजी हँस पड़े।

स्वामीजी को यूँ हँसते देखकर मठ के सभी लोगों के चेहरे खिल उठे, क्योंकि इन दिनों रोग-पीड़ा झेलते हुए स्वामीजी जरा-जरा सी बात पर अपना मिजाज खो बैठते हैं।

स्वामीजी अपने पालतू जीव-जंतुओं के आहार वगैरह की देख-रेख खुद करते हैं। स्वामी शारदानंद उनके इस काम में प्रधान सहाय हैं। इन पालतू जीव-जंतुओं के स्वास्थ्य पर नजर रखने के लिए स्वामीजी ने प्राणि-दिघा और पशु-चिकित्सा की ढेर सारी किताबें खरीदी हैं। इस विषय में भी वे बाकायदा काफी पढ़ाई वगैरह करते हैं। पशु-पंछियों की तबीयत खराब होती है तो वे पशु-चिकित्सकों से भी सलाह करते हैं।

अभी कई दिनों पहले की बात है, उनकी एक राज-हंसिनी के पंख झरने लगे। इसके प्रतिकार का कोई उपाय चूँकि वे नहीं जानते थे, उन्होंने एक टब में थोड़े से पानी में जरा सा कार्बोटिक एसिड मिलाकर उसमें उस हंसिनी को छोड़ दिया। उद्देश्य था कि या तो वह ठीक हो जाएगी या दम तोड़ देगी। वह हंसिनी अब ठीक-ठाक है।

स्वामीजी इन दिनों इनसानों की तुलना में जीव-जंतुओं के साथ रहना ज्यादा पसंद करने लगे हैं। कुत्ते, बकरी, बिल्ली, हिरण वगैरह जंतु इस चिड़िया घर के सदस्य हैं। अपनी सेवा के रुपयों में से काफी सारी रकम जीव-जंतुओं के आहार पर खर्च कर देते हैं। जब स्वामीजी बेलूर में होते हैं तो वे खुद खड़े होकर इन जीव-जंतुओं को खिलाते हैं। स्वामीजी मठ-कोठी में आश्रित कबूतरों को अपने हाथों से दाना चुगाते हैं।

कबूतर पालने का शौक उन्हें अपनी माँ से मिला है। जननी भुवनेश्वरी देवी को कबूतर बेहद प्रिय हैं। बचपन में स्वामीजी के मन में एक बार मोर, बकरी, बंदर पालने-पोसने का शौक जाग उठा। उन्होंने ये सब जंतु-जानवर पाले भी थे। वे अपने हाथों से इन सब जीवों को आहार खिलाते थे। लेकिन यह भाग्य ज्यादा दिनों तक स्थायी नहीं रही। मुहल्ले के अति-उत्साही दुष्ट लड़कों ने ढेला मार-मारकर मोर का काम तमाम कर दिया। बंदर ने ऐसी खुराफात मचा रखी थी कि आखिरकार उसे विदा करने के बाद ही घर की शांति लौटी।

हाँ, वह बकरी जरूर काफी दिनों तक गौरमोहन स्ट्रीटवाले स्वामीजी के घर के ठाकुर-दालान में मौजूद रही।

बेलूर में रहते हुए साहबों की तरह कोट, कॉलर वगैरह पहनने की बला नहीं होती, स्वामीजी बहुत ज्यादा स्वच्छंद रहते हैं। कभी पाँवों में चप्पल, कभी खाली बदन, कभी गेरुआ पहनावा, कभी-कभी सिर्फ कोपीन लपेटे वे घूमते-फिरते हैं ज्यादातर समय उनके हाथ में हुक्का या लाठी होती है।

इधर जमा हुआ पानी निकलने के लिए एक गहरी नाली काटी जा रही है। नाली काटने के काम में मठ के लोगों के साथ-साथ फावड़ा-कुदाल-बेलचा लेकर स्वामीजी भी उतर पड़े हैं।

अपनी सेहत सुधारने के लिए लगभग मार्च के महीने में स्वामीजी ढाका गए थे। बाद में गुवाहाटी होते हुए शिलांग भी गए थे। लेकिन वहाँ से वे नया रोग लगाकर लौटे। बंगाल की दो-दो सीलन भरी पहाड़ी जगहों में जाकर स्वामीजी हँफनी के शिकंजे में फँस गए। इसलिए अब से वे बंगाल के किसी भी पहाड़ पर जाने का खयाल अपने मन में नहीं लाएँगे—यह बात स्वामीजी बहुतेरे लोगों से कहते रहते हैं!

उस दिन भी जरा सा काम करके ही स्वामीजी हाँफ उठे।

कुदाल फेंककर कुछ देर दम लेने के बाद स्वामीजी ने कहा, ''बड़ी तकलीफ हो रही है रे। अब मुझसे नहीं होगा! तुम लोग पूरा कर लोगे न?''

बगल में मौजूद प्रेमानंद ने जवाब दिया, ''तुम्हें इतनी तकलीफ करने की जरूरत नहीं है। देख रहा हूँ, तुम्हारे पैर भी सूज गए हैं। जाओ, कमरे में जाकर जरा आराम करो तो!''

इतना कहकर स्वामी प्रेमानंद ने स्वामीजी से कुदाल ले ली और मिट्टी काटने में जुट गए।

स्वामीजी के दोनों पाँव खासे फूले हुए थे। आजकल ड्रपसी रोग से वे काफी कष्ट झेल रहे हैं। डायबिटीज की वजह से स्वामीजी की सेहत बेतरह टूटने लगी है। और इसी वजह से किडनी रोग ने भी सिर उठाया है। समूची देह में इसी के लक्षण फूटने लगे हैं।

बरसात में मठ के मैदान में हरी-हरी कोमल घास उग आई है। गंगा-घाट पर हाथ-मुँह धोने जाकर स्वामीजी ने देखा कि नदी किनारे काला हिरण मौज से घास चर रहा है। स्वामीजी के कदमों की आहट पाकर हिरण गरदन ऊँची

करके उनकी तरफ देखने लगा। स्वामीजी ने जैसे ही उसके करीब पहुँचने की कोशिश की, वह हिरण नदी के किनारे-किनारे चौकड़ी भरते हुए भागने लगा।

स्वामीजी भी डर गए। उन्होंने चीखकर आवाज दी, "ऐसे मत दौड़ रे! किनारे की मिट्टी नरम है। कहीं फिसलकर नदी में गिर पड़ा तो अक्ल ठिकाने आ जाएगी।"

लेकिन कौन भला किसकी बात सुनता! तीर की रफ्तार से दौड़ते हुए वह श्याम रंग का हिरन स्वामीजी की नजरों से ओझल हो गया। वह हिरन अब स्वामीजी के करीब आने को ही राजी नहीं था। स्वामीजी उसे धर-बाँधकर दुबारा यहाँ लौटा लाए हैं, वह शायद समझ गया था। कुछ दिनों पहले यही श्याम-हिरण मठ में भाग खड़ा हुआ। उसके यूँ भाग जाने से स्वामीजी घबरा गए। जब कई दिन बीत गए और मठ के लोग उस हिरन को खोज नहीं पाए तो स्वामीजी उन लोगों पर बेतरह झुँझला उठे। स्वामीजी को लगा कि उन लोगों की खोज में कहीं बला टालने जैसा मनोभाव है। शिकायत करने के लिए स्वामीजी सीधे स्वामी ब्रह्मानंद के पास जा पहुँचे। शिकायत सुनकर स्वामी ब्रह्मानंद कुछ कहने ही जा रहे थे।

लेकिन उनके कुछ कहने से पहले स्वामीजी छूटते ही बोल उठे, "देख राजा, तू ठहरा मठ का प्रेसिडेंट, मठ का सिरमौर! मठ को सारे छुटपुट विषय भी तुझे देखने होंगे। ये सब बातें तुझसे नहीं कहूँगा तो और किससे कहूँगा?"

यह अनुरोध है या आदेश, स्वामी ब्रह्मानंद समझ पाते, इससे पहले ही स्वामीजी दनदनाते हुए वहाँ से चल दिए।

स्वामीजी की शिकायत सुनकर ब्रह्मानंद ने मठ के साधुओं को निर्देश दिया कि चाहे जैसे भी हो, उस श्याम हिरन को खोज निकालना होगा। यहाँ तक कि स्वामी ब्रह्मानंद भी सारा कामकाज छोड़-छाड़कर उस हिरन की खोज में जुट गए। आखिरकार वह हिरन को लिलुआ की तरफ एक जंगल से खोज निकाला गया। उसे धर-बाँधकर मठ में वापस लौटा लाया गया और तभी जाकर संन्यासियों ने राहत की साँस ली।

शिष्या निवेदिता, सिस्टर क्रिश्चियन, बांधवी जोसेफिन मैकलाउड के साथ बीच-बीच में स्वामीजी का पत्राचार चलता रहता है। खतों में मठ की बातें होती हैं, अध्यात्म चेतना की बातें होती हैं, यहाँ तक कि अपने रोग-ताड़ना की भी चर्चा होती है। इसके अलावा वे खतों में अपने पालतू गाय, बकरी, भेड़, कुत्ते,

हंसिनी, बतख, कबूतर और खूबसूरत हिरण का भी जिक्र रहता है। निवेदिता, सिस्टर क्रिश्चियन भी उनकी बातें सुनने के लिए समान रूप से आग्रही रहती हैं।

पाँच दिनों पहले ही स्वामीजी ने सिस्टर क्रिश्चियन को पत्र में लिखा— "बहुत जल्दी ही मुझे कई दुधारू भैंसें भी मिलने वाली हैं। यहाँ की भैंसें तुम्हारे अमेरिका के बाइसन जैसी नहीं होतीं, लेकिन आकार में विशाल होती हैं। रोमहीन! अर्धजल-मगन रहने की आदत है इन्हें!"

क्रिश्चियन भी पशु-प्रेमी हैं। वे भी अपने खतों में स्वामीजी के पशु-पाखियों के हाल-अहवाल ज्यादा-ज्यादा लिख भेजते हैं।

क्रिश्चियन को वे उन जानवरों के सुख-दुःख की खबरें लिख-लिखकर भेजते रहते हैं।

"मेरे दो-दो बतख इन दिनों अपने-अपने अंडे ताप रहे हैं। चूँकि यह इन दोनों की पहली संतान है और चूँकि नर-हंस से किसी तरह की मदद नहीं मिल रही है, इसलिए मैं खुद ही उन्हें खिला-पिलाकर उनकी ताकत अटूट रखने की कोशिश कर रहा हूँ। यहाँ चिकेन प्रतिपालन नहीं होता। यह चीज यहाँ निषिद्ध है।"

इधर उस श्याम हिरन को अचानक माँगते देखकर स्वामीजी खुद ही मन-ही-मन बुदाबुदा उठे, "जंगल का जीव है! तुझे दुबारा लौटा लाया। मुझ पर उसे गुस्सा तो रहेगा ही! तुझे क्या घर-मकान, मठ-मंदिर क्या अच्छा लगेगा?"

स्वामीजी घाट की तरफ बढ़ गए। नदी में उतरकर उन्होंने अच्छी तरह मुँह-हाथ-पैर धोया, माथे पर पानी डाला। कमर का गमछा खोलकर, उसे पानी में भिगोकर अपना चेहरा व हाथ-पाँव पोंछा। उस गमछे को दुबारा नदी के जल में अच्छी तरह धो-निचोड़कर अपने कमरे की ओर लौटे।

कमरे में लौटकर स्वामीजी ने अपना गेरुआ कुरता उतारकर भीगे गमछे से अपना सारा बदन-माथा अच्छी तरह पोंछ डाला। गमछा सूखने के लिए फैलाकर वे अपना हाथ-पंखा लेकर तख्तपोश पर आ बैठे।

स्वामीजी के पूरे बदन पर घमौरियों की तरह लाल-लाल दाने निकल आए हैं। उसमें काफी जलन होती है। ज्यादा देर तक कुरता पहने रखने में उन्हें तकलीफ होती है। थोड़ी देर तक वे खुद ही अपने को पंखा झलते रहे। कुछ देर बाद उन्होंने पंखा एक ओर दिया और उठकर खिड़की के सामने जा खड़े हुए। उस खिड़की

से गंगा नदी नजर आती है। अब जाकर वे अपने को जरा स्वस्थ महसूस कर रहे हैं। हँफनी का भाव भी थोड़ा-बहुत कम हो गया है। पतित-पावनी गंगा पर नजरें गड़ाए स्वामीजी अनमने हो आए। लेकिन बस, कुछेक क्षणों के लिए।

कल ही स्वामीजी बनारस जा रहे हैं। शिलांग से मठ लौट आने के बाद वे दुबारा बाहर निकलने वाले हैं। कहीं एक जगह स्थिर होकर बने रहना भी स्वामीजी के स्वभाव में नहीं है। सैकड़ों रोग-योग भी उनकी हिम्मत नहीं तोड़ पाए।

कमरे के कोने में रखे हुए तानपूरे के एक तार पर उँगली से 'टुंग' की आवाज करते हुए स्वामीजी पढ़ने की मेज के सामने आ बैठे। आज सुबह की ढेर-ढेर बातें स्वामीजी के मन में चक्कर लगाती रहीं। स्वामीजी ने मेज पर रखी पैड खींचकर अपने करीब कर लिया। दवात की स्याही में कलम डुबाकर उन्होंने सादे कागज पर लिखा—बेलूर मठ, 7 सितंबर, 1901.

कुछ देर तक स्वामीजी अपने में डूबे बैठे रहे। उसके बाद उन्होंने लिखना शुरू किया। वे अपनी शिष्या को अपने बारे में लिखने लगे—"निवेदिता, अगर वर्षा का हाल बयान करूँ तो कहूँगा कि वर्षा पूरे जोर-शोर से आ पहुँची है और दिन-रात, लगातार मूसलधार बारिश जारी है। केवल बारिश, बारिश और बारिश! तमाम नदियाँ उफन आई हैं और अपने दोनों किनारे तोड़कर बह चली हैं। सरोवर-पोखर, सब भरपूर!

"मठ की जमीन पर वर्षा का जो पानी ठहर जाता है, उसकी निकासी के लिए एक गहरी नाली काटी जा रही है। उस काम में थोड़ी देर मेहनत करके मैं अभी-अभी लौटा हूँ।"

21 अक्तूबर, 1901. दुर्गा नवमी

इस बार फिर दुर्गा-पूजा हो रही है। सप्तमी और अष्टमी की पूजा खूब अच्छी तरह संपन्न हो गई।

संध्या ढल गई और नवमी की रात आगे बढ़ चली।

यज्ञ समाप्त होते ही स्वामीजी ने माँ ठकुराइन के हाथ से तंत्रधारक को 25 रुपए प्रणामी दिलाई। तंत्रधारक का दायित्व रामकृष्णानंद के पिता ईश्वरचंद्र चक्रवर्ती को सौंपा गया था। पुजारी का जिम्मा ब्रह्मचारी कृष्णालाल का था।

पिछले दिन स्वामीजी को बेहद तेज बुखार था। सिर्फ संधि-पूजा के समय ही वे अपने कमरे से निकलकर नीचे उतरे और सिर्फ एक बार ठाकुर-घर में आए। देवी माँ के चरणों में तीन बार जवा फूल और बेल-पत्र की अंजलि देकर दुबारा अपने कमरे में लौट गए।

आज बुखार नहीं है। वे काफी कुछ स्वस्थ हैं।

ठाकुर के सामने सफेद चादर बिछाकर स्वामीजी तानपूरा लेकर बैठ गए। स्वामी ब्रह्मानंद आकर स्वामीजी के माथे पर हवन का टीका लगा गए। स्वामीजी अपने प्रिय राजा को निहारते हुए मन-ही-मन हँसे।

उनकी उँगलियों के स्पर्श से तानपूरा के तार झंकृत हो उठे। आँखें मूँदकर स्वामीजी ने गाना शुरू किया—

"गया, गंगा, सोमनाथ, काशी, कांची कौन चाहे,
काली, काली, काली कहकर, अजपा जदी शेष हो जाए।"

देवी का मुखमंडल प्रदीप के आलोक में उद्‌भासित हो उठा। करीब चार महीने पहले स्वामीजी ने अपने शिष्य शरच्चंद्र से रघुनंदन का 'अष्टविंशतित्व' खरीद लाने को कहा।

शिष्य ने कारण जानना चाहा।

स्वामीजी ने बताया, "सोच रहा हूँ, इस वर्ष से मठ में दुर्गा-पूजा करनी है, सारी तैयारी कर लो।"

उनकी बात सुनकर ब्रह्मानंद ने कहा, "दो दिन बाद मैं इस बारे में तुमसे बात करूँगा। अब देवी प्रतिमा मिलेगी या नहीं, यह पता करना होगा। वक्त बेहद कम है। मुझे दो दिन का वक्त दो।"

प्रत्युत्तर में स्वामीजी ने कहा, "देख राजा, मैं भाव की नजर से देख रहा हूँ, मठ में दुर्गा-पूजा हो रही है।"

कुछेक पल खामोश रहकर ब्रह्मानंद ने जवाब दिया, "हाँ, मैंने भी सपने में देखा है कि माँ दुर्गा दक्षिणेश्वर की तरफ से होती हुई गंगा के ऊपर से चलकर बिल्व पेड़ तले विराजमान हुई हैं।"

उन दोनों के बीच इस प्रकार की चर्चा सुनकर मठ में आनंद की धूम

मच गई। पूजा से चार-पाँच दिन पहले ब्रह्मचारी कृष्णलाल प्रतिमा की खोज में कुम्हार टोली गए।

स्वामीजी का निर्देश था, ''चाहे जैसे भी हो, प्रतिमा लेकर ही आना।''

ठाकुर-प्रांगण में सुर की मूर्छना बिखर गई—

—त्रिसंध्या जो कहे काली, पूजा संध्या, वह क्या चाहे, संध्या उसे खोजत फिरे, कभी संधि ना पाए

कृष्णलाल और निर्भयानंद नाव से प्रतिमा लाने चल पड़े। उन दोनों के साथ कई और लोग भी थे। ठाकुर-घर की निचली मंजिल में देवी माँ की मूर्ति लाकर रखते ही मूसलधार बारिश शुरू हो गई।

ठाकुर-प्रांगण में तानपूरा की मूर्च्छना झंकृत हो उठी। स्वामीजी गा रहे थे—

''काली नाम में इतने गुन, भला कौन जान पाए
तभी देवाधिदेव महादेव,
पंचमुख उनके गुन गाए।''

स्वामीजी बिलकुल गंगा-तट पर बेल के पेड़ तले बैठे-बैठे गाते रहे—
''बिल्व वृक्षमूल में करूँ उद्‍बोधन, गणेश-कल्याण से गौरी का आगमन।...''

षष्ठी के दिन माँ बागबाजार से बेलूर आ पहुँची। उसी दिन साँझ को बलो-वृक्ष तले अधिवास-पूजा आयोजित हुई। पूजा का संकल्प माँ के ही नाम पर हुआ।

स्वामीजी ने कहा, ''हम लोग तो कोपीनधारी हैं, हमारे नाम से नहीं होगा।''

शास्त्र में कहा गया है—'नवम्या पूजयेत देवी कृत्वा रुधिरकर्दमम्।' बहरहाल, विधान में चाहे जो भी क्यों न हो, माँ ठकुराइन ने कहा, ''हाँ बच्चे, मठ में दुर्गा-पूजा करके शक्ति की आराधना जरूर करो। शक्ति की आराधना न की जाए तो जगत् में कौन सा काम सिद्ध होता है? लेकिन बच्चे, बलि मत देना! जीव-हत्या मत करना। तुम लोग ठहरे संन्यासी। सर्वभूत अभय-दान ही तुम लोगों का व्रत है।''

आसमान में नवमी का चाँद जगमगाता हुआ। विश्व-प्रकृति शांत! घनी निस्तब्धता को किर्ची-किर्ची करते हुए गीत समूची नदी की छाती पर सिर धुनने लगी—

"दान, व्रत, यज्ञ आदि, मन ना करे वरण!
मदन का ही जाग-यज्ञ, ब्रह्ममयी के रंगा चरण।"

मठ के मैदान में लगातार झीगुरों की झीं-झीं झंकार सुनाई दे रही थी। जुगनू उस अँधेरे में अविराम नील आलोक की अल्पना आँक रहे थे। नदी-तट के करीब से एक श्वेत उल्लू आकाश-पथ की ओर उड़ गया। एक गेहुँअन साँप सरसराकर बल सेड़ तले रेंगता हुआ चला गया।

स्वामीजी तन्मय होकर ठाकुर श्रीकृष्ण का सर्वाधिक प्रिय गीत गाते रहे—

"गया, गंगा, सोमनाथ, काशी, कांची कौन चाहे
काली, काली, काली कहकर, अजपा जदी शेष हो जाए।"

21 फरवरी, 1902

फरवरी महीने की शुरू में स्वामीजी काशी चले आए। यहाँ वे काली कृष्ण ठाकुर के गोपाल विला नामक मकान में ठहरे हैं। स्वामीजी के साथ इस मकान में स्वामी शिवानंद, स्वामी निरंजनानंद, स्वामी बोधानंद और नरेश व हरेन नामक दो नौजवान भी ठहरे हैं।

भारत-दर्शन पर आए हुए सज्जन मिस्टर ओकाकुरा भी यहाँ कई दिन ठहरे हुए थे। लेकिन तीन दिन हुए, वे स्वामी निरंजनानंद के साथ आगरा चले गए।

यहाँ हर दिन बहुतेरे लोग उनसे मिलने आते हैं। बीमार होने के बावजूद स्वामीजी को उन लोगों से बातचीत करनी पड़ती है।

लगभग डेढ़ वर्षों से 'प्योर मेन्स रिलीफ एसोसिएशन' नामक प्रतिष्ठान यहाँ बड़े मजे में चल रहा है। स्वामीजी की प्रेरणा से उद्‍बुद्ध होकर यहाँ के कई-कई सेवाव्रती नौजवानों ने दीन-हीन-गरीब लोगों के सेवा-कार्यों में हाथ लगाया है। इनके दल में शामिल हैं—चारुचंद्र दास, केदारनाथ मौलिक, हरिदास ओदेदार, यामिनी रंजन मजूमदार, विभूतिप्रकाश ब्रह्मचारी, हरिदास

चट्टोपाध्याय, ज्ञानेंद्रनाथ सिंह, पं. शिवनाथ भट्टाचार्य वगैरह।

उद्बोधन में छपी स्वामीजी की कविता 'सखर के प्रति' के आखिरी चरण ने, इनमें से बहुतेरे लोगों की जीवन-धारणा एकदम से बदल दी भी—

ब्रह्म से कीट-परमाणु, सर्वभूत में वही प्रेममय छाँव
अर्पण करो, मन-प्राण-काया, सखे, सभीके पाँव!
बहु-बहु रूप तुम्हारे सम्मुख, इसे छोड़, कहाँ खोजो, ईश्वर?
जीवों से प्यार करे जो जन, वह जन सेवे ईश्वर!

बिजली के करेंट की तरह ये कुछेक पंक्तियों ने बहुत सारे नौजवानों की आत्मचेतना को किसी अन्य प्रवाह में बहा ले गया है।

ये सभी लड़के दुःखी, आर्त, पीड़ित, मरणासन्न लोगों को सड़क से उठाकर अपने दीन-हीन कुटीरों में उठा लाते हैं। स्वामी कल्याणानंद, स्वामी निश्चयानंद, स्वरूपानंद इन लोगों के कार्यों में मददगार होते हैं। इन लोगों का कल्याण-कार्य स्वामीजी को काफी पसंद आया है।

अपने कार्यों की चर्चा, विचार-परामर्श के लिए ये लोग अकसर स्वामीजी के पास चले आते हैं।

स्वामीजी ने इन लोगों से कहा, ''कामों के भाव-मुताबिक प्रतिष्ठान का नाम देना जरूरी है।''

उन्होंने खुद ही प्रतिष्ठान का नया नामकरण कर दिया है। उन्होंने प्रतिष्ठान का नाम दिया है—'रामकृष्ण होम ऑफ सर्विस'।

दिन-रात अमानवीय परिश्रम करने की वजह से इन नौजवानों के खाने-पीने का कोई ठीक-ठिकाना नहीं रहता। स्वामीजी इन लोगों को अकसर अपने यहाँ आमंत्रित करके सबको खाना वगैरह खिलाते हैं। अगर कोई व्यंजन बेहद पसंद आता था तो वह अपनी थाली से उठाकर उनकी थाली में डाल देते थे।

वे हँसकर कहते थे, ''मुझे भी यह व्यंजन अच्छा लगा, इसीलिए तुम लोगों को दिया। ले, जी भरकर खा।''

स्वामीजी विश्वनाथ-अन्नपूर्णा मंदिर के दर्शन और स्वास्थ्य-सुधार के लिए काशी आए थे, मगर उन्हें तनिक भी विश्राम नहीं था। वहाँ के हिंदू मठ-मंदिरों के साधु-संत भी उनसे मिलने आते थे। काफी देर-देर तक धार्मिक प्रसंगों पर चर्चा-परिचर्चा और उनकी व्याख्या होती थी। इन्हीं सबके

बीच एक दिन केदार मंदिर गए और वहाँ वे बाहरी ज्ञान खोकर समाधिस्थ हो गए। इससे शरीर पर जोर पड़ता है, थकान बढ़ जाती है; मन का श्रम भी बढ़ जाता है।

मिंगार के राजा ने काशी धाम में कोई एक धर्म-प्रतिष्ठान तैयार रखने के लिए स्वामीजी को पाँच सौ रुपए का चेक थमा दिया था। उनके सिर पर एक नई जिम्मेदारी लाद दी गई।

देश-विदेश से उनके नाम हर दिन जो बंडल-बंडल खत बेलूर के पते पर आते थे, वह सब बनारस के पते पर भेज दिया जाता है। उन खतों का उत्तर देने में स्वामीजी का काफी सारा वक्त निकल जाता है। इन्हीं सब खतों में स्वामी ब्रह्मानंद का खत भी होता है। वे मठ के बारे में सलाह माँगते हुए स्वामीजी को खत लिखते रहते थे।

इसी महीने के शुरू में निवेदिता विदेश से मद्रास होते हुए कलकत्ता लौटी हैं। समुद्र-यात्रा की थकान सँभालने के लिए अभी उन्हें कई दिन आराम की जरूरत है। लेकिन इसी बीच उन्होंने अपने स्कूल की लड़कियों के साथ धूमधाम से सरस्वती-पूजा भी कर डाली।

उत्तर देते हुए स्वामीजी ने ब्रह्मानंद को लिखा—''निवेदिता के स्कूल के बारे में मुझे जो कहना था, वह मैंने उसे लिख दिया है। मुझे बस, इतना ही कहना है कि उसे जो अच्छा लगे, कर डाले।

''अब और किसी भी बारे में मेरी राय मत पूछो। इससे मेरा दिमाग खराब हो जाता है। तुम वह काम कर दो। बस, यहीं तक! रुपए भेज देना, क्योंकि अभी कुल दो-चार रुपए ही बच रहे हैं।''

खत के जरिए उन्हें यह खबर मिली कि उनकी माँ वानी भी काशी आना चाहती हैं। काशी में बाबा विश्वनाथ मंदिर-दर्शन के प्रति हर बंगाली महिला का सहज खिंचाव रहता है। अगर वे आने का हठ किए बैठी हैं तो स्वामीजी को हिदायत दी कि उन दोनों को किसी के साथ भेज दिया जाए।

इन सबके बीच उन्हें अपनी पालतू बकरी की भी फिक्र लगी रहती है। वे उसके बारे में भी सोचते रहते हैं।

स्वामी ब्रह्मानंद को स्वामीजी ने पत्र में लिखा—''उस बकरी की जरा देख-रेख करते रहना।''

19 जून, 1902

आज सुबह-सवेरे हाबुल दत्त स्वामीजी से भेंट करने आए। उनके एक रिश्तेदार तमू दत्त भी उनके साथ आए। वह स्वेच्छा से पट्टीदारों का मुकदमा निपटा लेना चाहते हैं। स्वामीजी यह सुनकर ईषत् आश्चर्य में पड़ गए। लेकिन ऐसा मौका वे किसी हाल भी हाथ से जाने देना नहीं चाहते।

स्वामीजी ने उन दोनों से कहा, ''अगर आपस में ही सारे मामले-मुकदमे मिट जाएँ तो मैं हजार रुपए और दूँगा।''

हाबुल दत्त ने कहा, ''राजी हूँ!''

तमू दत्त ने भी सिर हिलाकर सहमति जताई कि वह भी राजी है।

स्वामीजी ने तत्काल ही ब्रह्मानंद को आवाज देकर कहा, ''सुन, हाबुल के साथ तू अभी, इसी वक्त पल्टू बाबू के दफ्तर चला जा। एटॉर्नी ए.सी. बसु से एक चिट्ठी बनवा ले और हो सके तो आज ही इन दोनों से भी दस्तखत करा लेना।''

इतना कहकर स्वामीजी अपने कमरे में चले आए।

उनकी समूची जिंदगी का बहुत बड़ा हिस्सा जल-फुँककर राख हो गया इन पैतृक मुकदमों के चक्कर में। स्वामीजी को लगता था, वकील-एटॉर्नी परिवार में जन्म लेना ही उनकी जिंदगी का बहुत बड़ा अभिशाप बन गया।

स्वामीजी के पिता विश्वनाथ दत्त ने कारोबार में विफल होने के बाद कानून-व्यवसाय में अपना मन एकाग्र किया। नीलामी में संपत्ति खरीदकर उचित समय-मुताबिक बेच-बेचकर अमीर भी हो गए। संपत्ति खरीद-फरोख्त के कारोबार में वे अपनी पत्नी भुवनेश्वरी का नाम इस्तेमाल करते थे।

सन् 1887 की पहली सितंबर को भुवनेश्वरी देवी ने अपने पति के रुपयों से, रामसुंदर दत्त के दूसरे बेटे के वंशधर भोतानाथ की विधवा पत्नी वामासुंदरी से 500 रुपए में और माधवचंद्र की विधवा पत्नी बिंदुवासिनी से

500 रुपए के बदले में संपत्ति खरीदी थी।

विश्वनाथ दत्त के समय से ही पट्टीदारी का मामला-मुकदमा शुरू हो गया था। उनकी मृत्यु के बाद से ही उन लोगों के दुर्दिन भी शुरू हो गए।

विश्वनाथ दत्त के निधन के बाद ही चचेरे भाई वकील तारकनाथ भुवनेश्वरी देवी के नाम खरीदी हुई संपत्ति अपनी होने का दावा कर बैठे। कई महीनों के अंदर दुबारा गड़बड़ी शुरू हो गई। शोचागार की मरम्मत के लिए पुरानी दीवार तोड़ने को लेकर दो परिवारों में भयंकर तू-तू, मैं-मैं छिड़ गई। इसके कई महीने बाद ही तारकनाथ भी चल बसे। तारकनाथ की पत्नी ज्ञानदासुंदरी देवी ने अदालत में फरियाद की कि भुवनेश्वरी की सारी भू-संपत्ति, उनका सबकुछ उनके पति तारकनाथ की कमाई की दौलत में बेनामी खरीदा गया था। भुवनेश्वरी देवी के पति विश्वनाथ दत्त की इतनी औकात ही नहीं थी कि ऐसी सब संपत्ति खरीद सकें। ज्ञानदासुंदरी देवी के ससुर काली प्रसाद की मदद से उन लोगों का भरण-पोषण चलता था। इस मुकदमे के लिए ईंधन जुटाया था ज्ञानदासुंदरी देवी के दामाद ने।

साथ ही संपत्ति के बँटवारे का भी मामला चल रहा है। वह मुकदमा दायर किया है अन्य एक हिस्सेदार शचिमणि दासी ने। प्रतिपक्ष भुवनेश्वरी।

स्वामीजी उन दिनों भी संन्यासी नहीं हुए थे। उस समय वे नरेंद्रनाथ थे। बी.ए. पास करने के बावजूद कोई नौकरी जुटाने में असफल साबित हुए थे। गृहस्थी चलाने के लिए कमाई या आमदनी के नाम पर कुछ भी नहीं था। स्वामीजी और उनके परिवार ने गौरमोहन स्ट्रीट का घर छोड़कर अपनी नानी के घर रामननु बोस लेन में आश्रय लिया था।

मुकदमे के दिन भुवनेश्वरी देवी पालकी में सवार होकर हाई कोर्ट मुहाल में आती थीं। स्वामीजी पैदल-पैदल चलकर आते थे।

गृहस्थी में भयंकर कड़की। ढेरों गहने-गुरिया बिक गए।

और कितने दिन? और कितने दिन चलेगा यह सब मामला-मुकदमा? धैर्य खोकर स्वामीजी यही सवाल लेकर ठाकुर श्रीरामकृष्ण के यहाँ हाज़िर हुए थे।

त्रिकालदर्शी महापुरुष ने अभय देकर कहा था, ''यह मामला जोर कदम से चलेगा, फूत्कारता रहेगा, मगर डंक नहीं मारेगा।''

मुकदमा जब तेज रफ्तार से जारी था, तब बाग बाजार के बिचाली के

कारोबारी केदारनाथ दास ने स्वामीजी को सौ रुपए उधार दिए थे। कागज-कलम में लिखा-पढ़ी करके उन्हें बलराम बाबू से भी रुपए उधार लेने पड़े थे।

विवादी पक्ष के वकील सिस्टर पिड़ बार-बार अदालत में उनकी फजीहत कर रहे थे। लेकिन भुवनेश्वरी देवी मुकदमा जीत गईं। ज्ञानदासुंदरी ने दुबारा मामला दायर कर दिया। उस मुकदमे में भी ज्ञानदासुंदरी की पराजय हुई। इसके बीच दोनों परिवारों को कानूनी खर्च भी जुटाना पड़ा।

स्वामीजी चाहते थे, जिंदगी के आखिरी दिन अपनी माँ के साथ गुजारें। वे चाहते थे कि गंगा-घाट पर अपनी माँ के लिए छोटा सा घर खरीद दें। खेतड़ी के महाराजा को घर तैयार करने में होनेवाले खर्च का हिसाब भी लिख भेजा था।

इसी मौके पर उनकी काकी ने उन्हें 6,000 रुपए में अपना घर बेच देने का प्रलोभन दिया। इसके लिए स्वामीजी ने मठ के फंड से 5,000 रुपए उधार लिये। लेकिन दखल लेते समय सटीक कागज-पत्तर उन्हें नहीं मिला। काकी और उनके लोगों ने सोचा था कि वे तो ठहरे संन्यासी, इसलिए प्रताड़ित होने पर भी लोक-लज्जा के भय से वे कोर्ट की शरण नहीं लेंगे।

स्वामीजी ने अपने मन का दुःख धीरा माता ऊली बुल को खत लिखकर बताया था। स्वामीजी ने उनसे कहा था कि उस घर का सपना उन्होंने त्याग दिया है।

इसके बाद ही अभाव के हाथों प्रताड़ित आर्थिक मदद माँगते हुए वही मुकदमेबाज काकी ज्ञानदासुंदरी देवी स्वामीजी के पास आई थीं। लेकिन स्वामीजी ने उन्हें निराश नहीं किया। मिसेज शार्लोट सेवियर ने उनके पारिवारिक खर्च के लिए जो 6,000 रुपए दिए थे, स्वामीजी ने वह सारी रकम उन अभावी रिश्तेदारों में लुटा दी।

यही सब सोचते-सोचते स्वामीजी ने लंबी उसाँस भरी। खिड़की के सामने उन्होंने देखा, हाबुल और तमू के साथ स्वामी ब्रह्मानंद कलकत्ता जाने के लिए नाव पर सवार हो रहे हैं।

स्वामीजी ने पलटकर असीम-विशाल आकाश पर अपनी नजरें गड़ा दीं।

2 जुलाई, 1902

आज बुधवार है, एकादशी। स्वामीजी का संपूर्ण उपवास।

"सुबह का खाना यहीं खाकर जाना, निवेदिता!" स्वामीजी ने कहा।

हलकी सी आपत्ति उठाते हुए निवेदिता ने कहा, "आज आपका उपवास है! किसी और दिन सही।"

"आज क्यों नहीं? आज ही! पता नहीं कब तक मैं हूँ...कब न रहूँ।" इतना कहकर स्वामीजी कमरे से बाहर निकलकर जाने किसको तो खाना लाने का निर्देश देने चले गए। जरा सी देर में ही वे हँसते-हँसते कमरे में दुबारा लौट आए।

गुरु को कुछ अच्छा लगता था तो निवेदिता को भी खुशी होती थी।

कुछेक पलों बाद ही कोई ब्रह्मचारी कमरे में खाना रखकर चला गया। खाने में मौजूद था कटहल के उबले बीज, उबले हुए आलू, भात और बर्फ में ठंडा किया हुआ दूध।

स्वामीजी ने अपने हाथ से खाना परोसते हुए कहा, "डायबिटीज बढ़ गई है। खाने के मामले में काफी परहेज से रहना पड़ता है। मुझे जरा भी अच्छा नहीं लगता। मिसेज जॉनसन हरदम टोकती रहती हैं, यह मत खाओ, वह मत खाओ।"

स्वामीजी इन दिनों मिसेज जॉनसन की देखरेख में चिकित्साधीन हैं। मौका मिलते ही वे चीनी खाना नहीं छोड़ते। कुछ ही दिनों पहले जब खाना पकाया जा रहा था, उन्होंने खिचड़ी में मुट्ठी भर चीनी झोंक दी थी। बीच-बीच में टॉन्सिल भी उन्हें परेशान कर रहा है। किडनी के रोग ने भी उन्हें धर दबोचा है।

"मैं बेहद खुश हूँ कि मैं अब ज्यादा दिन नहीं बचूँगा। चालीस भी पार नहीं करूँगा।" ऐसी बातें स्वामीजी अकसर किया करते थे।

खाना निपट जाने के बाद स्वामीजी ने मिट्टी की सुराही से लोटा भर

पानी उड़ेला और निवेदिता के संग बाहर निकल आए।

निवेदिता ने पानी का लोटा अपने हाथ में लेना चाहा, मगर स्वामीजी ने कहा, ''पानी मैं उड़ेल देता हूँ। तुम हाथ धो लो।''

घर में वापस लौटकर खूँटी पर टँगा साफ गमछा उतारकर स्वामीजी ने अपनी प्रिय शिष्या के हाथ पोंछ दिए।

लेकिन आज निवेदिता को यह सबकुछ कैसा तो अजीब लग रहा था।

निवेदिता ने सकुचाहट की मुद्रा में हलका सा प्रतिवाद किया, ''स्वामीजी, यह सब तो मुझे ही आपके लिए करना चाहिए, न कि आपको मेरे लिए।''

निवेदिता ने गौर दिया कि स्वामीजी की आँखों की उजली मणियाँ ध्रुवतारे की तरह स्थिर हैं। जाने कैसी अद्‌भुत नजरों से स्वामीजी की निगाहें उनके चेहरे पर गड़ी थीं।

अगले ही पल स्वामीजी ने परम विस्मय भरे गंभीर लहजे में कहा, ''ईश ने अपने शिष्यों के पाँव तक धोए थे।''

''लेकिन, वह तो अपने आखिरी समय में··· !'' निवेदिता कहते-कहते भी रुक गईं।

बेलूर से बाग बाजारवाले घर में लौटकर निवेदिता अपनी डायरी खोलकर बैठ गईं। फुरसत के पलों में पीछे छोड़ आए पुराने दिनों को बार-बार पढ़ना उन्हें बेहद अच्छा लगता है। डायरी के पन्ने पलटते-पलटते हठात् एक पन्ने पर निवेदिता की निगाहें ठिठक गईं।

सन् 1898 की 9 मई! वह दिन निवेदिता को बखूबी याद है। उस दिन शाम के वक्त बेलूर के गंगा-घाट पर एक छोटे से घर के सामने के पेड़ तले मिसेज ऊली बुल; मिस मैकलाउड के साथ निवेदिता बैठी हुई थीं! उन तीनों महिलाओं के साथ स्वामीजी भी मौजूद थे। वे सभी लोग गपशप कर रहे थे। ऐसे में आसमान अचानक सियाह हो आया और जोर की आँधी उठी। सभी लोग भागकर कमरे में चले आए। चारों ओर अँधेरा छा गया। शुरू हो गई कालबैशाखी! समूचे आसमान में बिजली में कौंध, तड़तड़ाहट! अगले ही पल वज्रपात! वज्र की भीषण आवाज सुनकर सभी लोग सहमकर काँप उठे। लेकिन स्वामीजी अविचल बने रहे। तब तक मूसलधार बारिश शुरू हो गई। सबकुछ उलट-पलट कर देनेवाला अंधड़-तूफान-बरसात। निवेदिता ने गौर किया, बाहर का दुर्योग किसी हाल भी स्वामीजी को विचलित नहीं कर पा रहा था।

अतिशय स्वाभाविक ढंग से स्वामीजी ने जलद-गंभीर आवाज में अपनी चर्चा जारी रखी—ठाकुर की बातें, ईश्वर-प्रेम, भगवद्-दर्शन।

यह सब सुनते-सुनते निवेदिता को लगा मानो वे साक्षात् प्रमिथ्युस हों! कौन है यह प्रमिथ्युस?

ग्रीक पुराणों में प्रमिथ्युस की वीरता का आख्यान वर्णित है—प्रमिथ्युस मनुष्य के लिए आग संग्रह करके ले आए थे। इस वजह से देवराज जिउस ने उन्हें कभी माफ नहीं किया। जिद्दी एपिमिथिउस ने इनसान को वंचित करके जो कुछ भी भला और अच्छा था, सब पशुओं को दे डाला था—शक्ति और तेज-रफ्तार, साहस और चतुराई, शेम, पंख और मुखौटा।

तो फिर इनसानों के लिए क्या रहा?

बाकी बचा था प्रमिथ्युस! इनसानों को वही दे दिया। उन्होंने इनसानों को देवता के आकार में गढ़ा। ज्ञान, बुद्धि, शक्ति, शौर्य, वीर्य से संपन्न! उन्होंने सूर्च से मशाल की अग्नि प्रज्वलित कर ली। वह अग्नि उन्होंने इनसान को सौंप दी और बड़े जतन से इनसान को अग्नि का इस्तेमाल करना सिखाया। तभी से सभ्यता के एक नए दिगंत की सूचना हुई। प्रमिथ्युस इनसान को बहुत ज्यादा प्यार कर बैठे थे। उनकी सृष्टि यह इनसान धीरे-धीरे देवताओं का प्रतिद्वंद्वी बन उठा।

इतना बड़ा दान क्या इनसान के लिए? मारे ईर्ष्या और गुस्से से अंधा होकर जिउस ने मानव-बंधु प्रमिथ्युस को कैद कर लिया। उसने उन्हें चिर-रुक्ष कॅकेशस पर्वत पर निर्वासित कर दिया, जहाँ प्राणों का कोई चिह्न नहीं था। चारों तरफ सिर्फ पथरीली वध्यभूमि! देवराज के सैनिकों ने उन्हें कंकड़-पत्थरों पर लोहे की जंजीर से नागपाश की तरह आगे-पीछे से बाँध दिया था।

देवताओं के समाज से च्युत प्रतिथ्युस को कहा गया था—'स्वयं देवता होकर देवताओं के क्रोध की तुमने परवाह नहीं की। अयोग्य इनसान के लिए जो अप्राप्य था, उसे तुमने वही सम्मान दे डाला। इस गुनाह के लिए अब तुम इस निष्प्रण, आनंदहीन पर्वत के चिर पहरेदार होकर यहाँ सदा-सर्वदा के लिए बँधे पड़े रहो। इनसान को प्यार करने का कुफल झेलो। तुम्हारी शक्तिहीन, निद्राहीन गुँगुवाहट से यह पर्वत मुखरित रहे। तुम्हारा कराहता हुआ कंठ-स्वर पर्वत की दीवारों में गूँजता हुआ देवराज जिउस के कानों तक पहुँचता रहे। तुम्हारी आह-कराह सुनकर देवराज यह सुन-सुनकर तृप्त होंगे

कि उन्होंने उनकी आज्ञा का उल्लंघन करनेवाले अबाधा को उपयुक्त सजा देने में कामयाब हुए।'

देवराज के आज्ञाकारी सैनिकों ने प्रमिथ्युस को यह जानकारी भी दी कि सिर्फ यहीं तक तुम्हारी सजा की समाप्ति नहीं होगी। एक हिंस्र गिद्ध इस ऊबड़-खाबड़ पर्वत पर तुम्हारे देव-पुष्ट शरीर को नोंच-नोंचकर खाने के लिए आएगा। तुम्हारे बलिष्ठ शरीर को वह अपने तीखे नाखूनों से और छुरी की धार जैसे नुकीले होंठों से कुट्टी-कुट्टी कर डालेगा। तुम्हारा अशक्त-क्लांत माथा तुम्हारी छाती पर लटकता रहेगा। हिंसा के भयंकर उल्लास से वह गिद्ध अपने टेढ़े-नुकीले होंठ तुम्हारे धार-धार झरते खून में सने अंतस्थल में गड़ा देगा, जिस हृदय से तुमने इनसान को प्यार किया था।

महज इनसान को प्यार करने के गुनाह की वजह से प्रमिथ्युस को इतना अमानवीय अत्याचार, लांछन, भीषण यंत्रणा सहनी पड़ी।

हाँ, प्रमिथ्युस ने इनसान को प्यार करते हुए इन सारी बातों की उपेक्षा की और इस प्राकृतिक-विशुद्ध प्यार ने उनकी सारी यंत्रणा, कातर जख्म मिटा दिया। इनसान के लिए इस प्यार ने उनके अंदर आत्मशक्ति को जन्म दिया था।

इसी आत्मशक्ति के बल पर प्रमिथ्युस ने देवराज जिउस के विरुद्ध चुनौती उछालते हुए कहा, ''जिउस अगर चाहें तो अपनी समस्त शक्ति का प्रयोग कर देखें। अगर वे जरूरत समझे तो अपना अग्नि-वज्र निक्षेप करें, तुषार के अति-सर्द झपट्टों या भूकंप के पगलाए आलोड़न से वार करें; लेकिन आपकी कोई भी ताकत मेरी दृढ़ इच्छा-शक्ति का दमन नहीं कर सकती, मानवजाति को विपर्यस्त नहीं कर सकती; क्योंकि इनसानों में ही प्रवाहित है मेरी वही इच्छा-शक्ति! उस शक्ति को अन्य कोई भी शक्ति नीचा नहीं दिखा सकती। उसी शक्ति के दम पर इस सुंदर पृथ्वी पर इनसान का आसन चिर अटूट रहेगा।''

ठाकुर श्रीरामकृष्ण ने भी अपने प्रिय शिष्य के कंधे पर हाथ रखकर कहा था, ''वह मानो म्यानहीन खुली तलवार लिये घूम रहा है। उसका कुछ भी अपने वश में नहीं है। वह किसी की भी परवाह नहीं करता।''

ठाकुर यह भी कहा करते थे, ''उसे मैं जो देकर जा रहा हूँ, उसे ग्रहण

करके वह दुनिया का काम करेगा।''

माँ, भाई, बहनों का कष्ट दरिद्र स्वामीजी पर बार-बार आघात करता रहा, फिर भी वे सबकुछ बरदाश्त करते रहे।

जब सबकुछ उनके बरदाश्त बाहर हो जाता था, तब वे भिन्न देशी, करीबी मित्रों से मदद माँगते हुए पत्र लिखते थे।

मनुष्य की सेवा के लिए मदद माँगते जब वे दर-दर घूमते रहते थे, तब उन्हें बहुत बार जुआचोर, प्रतारक, बदमाश कहा गया। मदद माँगते पृथ्वी के अन्य प्रांत में जाकर भी उनके भाग्य में कुत्सा, लांछन, आघात और अनाहार ही जुटता रहा।

मिस मूलर ने तो सीधे-सीधे ही सुना दिया कि संन्यासी विवेकानंद पारिवारिक मामले में ज्यादा ही लिपट गए हैं। कलकत्ता आकर अब वे स्वामीजी से भेंट करने भी नहीं जातीं।

एक बार स्वामीजी ने बेहद दुःखी होकर मिसेज स्टर्डी को लिखा था—''सेंट जार्जेस रोड वाले घर की जिम्मेदारी तुम पर और मिस मूलर पर थी। मेरे बीमार भाई को मिस मूलर ने घर से निकाल दिया।...तुमने काम के लिए जो रुपए दिए हैं, उसका पाई-पाई, कौड़ी-कौड़ी ठीक जगह मौजूद है। तुम लोगों की नजरों के सामने मैंने अपने भाई को दूर हटा दिया, मुझे लगता है, मैंने जैसे उसे मौत की तरफ धकेल दिया। मैंने उसे एक धेला भी नहीं दिया, जो मेरी निजी संपत्ति नहीं है।''

स्वामीजी की दीक्षित फ्रेंच महिला संन्यासिनी मदाम मेरी लुई उर्फ अभयानंद इन दिनों अकसर ही गुरु-निंदा में मुखर हो उठती हैं। यह बात स्वामीजी के कानों में भले न आई हो, मगर निवेदिता ने सुना था।

इन दिनों अभयानंद की जुबान से अकसर सुनाई देता है कि वेदांत-दर्शन जानने-समझने के लिए भारत आकर वे वास्तव में हताश हैं। भारत आकर उन्होंने तो सिर्फ यही देखा कि गुरु रामकृष्ण की फोटो के सामने नृत्यरत कोई दूसरे ही विवेकानंद हैं।

यह सब सुनना निवेदिता को बिलकुल अच्छा नहीं लगता।

आम इनसान को तो वैसे भी खुलेआम निंदा-बुराई गाना-सुनना प्रिय है।

अनेक लोग अशिक्षितों की तरह कहते हैं, ''वह तो साहब संन्यासियों

का मठ है। वे लोग साधु नहीं, खाक हैं। मछली-मांस खाते हैं, चुरुट पीते हैं। कालापानी पार करके आए हुए साधु! वे लोग भला कहाँ के, कैसे साधु हैं? वहाँ तो मेमसाहब लोग भी आती हैं। यही सब कहकर वे लोग अश्लील इशारे करते हैं, तिरछी नजरों से देखते हुए खिक्-खिक् हँसते हैं।''

नाव में आते-आते स्वामीजी के शिष्य शरच्चंद्र ने इस किस्म की बातें अपने कानों से सुनी हैं। मठ आकर कभी-कभी बेहद हतोत्साहित होकर उन्होंने ये बातें स्वामीजी को भी बताई हैं।

शिष्य की बातें सुनकर स्वामीजी ने हँसकर कहा है—

''हाथी चले बाजार कुत्ते भोंकें हजार,
साधुन को दुर्भाव नहीं, जब निंदे संसार''

दक्षिणेश्वर काली मंदिर में उन्हें घुसने नहीं दिया जाता। वहाँ के कर्ता त्रैलोक्यनाथ विश्वास ने इसी तरह का इंतजाम कर रखा है, क्योंकि स्वामीजी मुख से वेदांत चर्चा भले करते हों, मगर हिंदू धर्म की रीति-नीति कुछ भी नहीं मानते। काली मंदिर के दरवाजे स्वामीजी के लिए बंद होने पर एक तरफ पुरातनपंथी हिंदू समाज के प्रतिनिधियों की तरह ईसाई मिशनरी लोग भी खुश हैं। उन लोगों को लगता है कि विवेकानंद ने उन लोगों के धर्म-प्रचार का सत्यानास कर दिया है। स्वामीजी जब अमेरिका में होते हैं, यहाँ वे लोग जी भरकर बदनामी और अफवाहें फैलाते हैं। वे लोग यहाँ तक ही नहीं थमते, अमेरिका में भी वे लोग स्वामीजी के नाम बदनामी फैलाते हैं। अमेरिका में भी उनकी निंदा-बुराई करते हैं। वहाँ के पत्र-पत्रिकाओं में चटखारे ले-लेकर मिर्च-मसालेदार किस्से प्रकाशित करते हैं।

ब्राह्मसमाज के एक नेता प्रतापचंद्र मजूमदार ने स्वामीजी के नाम बदनामी फैलाई है। स्वामीजी भी आतंकित रहते है। उन्हें हर वक्त यह आशंका बनी रहती है कि ये सब बातें कहीं माँ के कानों तक तो नहीं पहुँचतीं। जिन्होंने अपने पूर्णतः लायक बेटे को देश और धर्म के लिए उत्सर्ग कर दिया है, वही पुत्र विदेश में जघन्य, नीतिहीन जीवन-यापन कर रहा है—ये तमाम झूठी बातें सुनकर माँ का तो दिल टूट जाएगा।

इसके बावजूद स्वामीजी आज भी सपना देखते हैं—गंगा के पश्चिमी तट पर रचा-गढ़ा गया श्रीरामकृष्ण नामांकित मठ किसी दिन काफी बड़ा हो उठेगा, आसमान छूने लगेगा। यही मठ किसी दिन संपूर्ण विश्व भर के

मानव-मन में आध्यात्मिक चेतना का ज्वार ले आएगा और आर्त मनुष्यों का प्रकृत सेवा-केंद्र हो उठेगा।

स्वामीजी जब बेलूर में होते हैं तो कभी-कभी गंगा-घाट पर आ बैठते हैं। अस्तगामी सूरज का गेरुआ प्रकाश नदी के जल पर बिखर जाता है। उस प्रकाश की छटा में वे तन्मय हो उठते हैं। वही प्रकाश उनके मन में सपने जगाता है, त्याग और तितीक्षा के सपने। एक सेवा-धर्म में अनुप्राणित प्रतिष्ठान गढ़ने के दूरदर्शी सपने।

निवेदिता जानती हैं कि ऐसा टूटा व जीर्ण स्वास्थ्य लेकर स्वामीजी मठ के लिए, इनसान के लिए कैसी अथक, असंभव, अविराम मेहनत करते रहते हैं।

···खुली डायरी मेज पर ही पड़ी रही। निवेदिता अपनी दोनों हथेलियों से चेहरा ढँककर रो पड़ीं। वे रो रही थीं, आधुनिक काल के इस प्रमिथ्युस के लिए बिलख-बिलखकर रो रही थीं।

4 जुलाई, 1902

नींद से जागकर स्वामीजी उठकर मंदिर चले गए। अस्वस्थता का कोई लक्षण नहीं था। अन्यान्य दिनों की तुलना में आज वे बहुत ज्यादा भले-चंगे और चुस्त नजर आ रहे थे। पूजा-उपासना पूरी करके वे मैदान में जाकर बैठ गए। स्वामीजी को देखकर बाछा उनके पास दौड़ आया। वह कूँ-कूँ करते हुए घुटने गाड़कर, उनकी बगल में सटकर बैठ गया। स्वामीजी ने बाछा के सिर पर हाथ फेरा। थोड़ी देर बाछा से बातचीत भी होती रही। दूर आम के पेड़ तले अंग से अंग टिकाए मेरी और टाइगर अलसाए बैठे थे। कुछ देर बाद बाछा उनके करीब जाकर बैठ गया।

गंगा-तट के पश्चिम में भोर के वक्त फुर्र-फुर्र हवा बहती है। शीतल-मंद वायु मानो समूचे अंग-अंग में शीतल हवा लीप देती है। स्वामीजी की बिलकुल बगल से हंसिनी शान से चलती हुई आगे बढ़ गई। उसकी गरदन

में बँधे घुँघरू से टुन-टुन की आवाज होती रही।

''क्यों री हंसिनी, बाछा को लाड़-दुलार कर दिया तो तुझे गुस्सा आ गया! लेकिन तुझे नाराज देखकर मुझे बिलकुल अच्छा नहीं लगता, री! गुस्सा नहीं होते री, गुस्सा नहीं होते। तेरा जरा सा दूध नहीं मिला तो मुझे तो चाय ही नहीं मिलेगी।''

जब मठ के संन्यासी, गुरुभाई, भक्तजन या दर्शनार्थी मौजूद नहीं होते, उस समय कभी-कभी स्वामीजी ध्यानमग्न हो जाते थे। कभी-कभी वे अपने जाने-पहचाने बत्तख यशोवती, राजहंस बॉम्बेटे, बकरी, हंसी, प्रिय कुत्ता, बाछा, मेरी, टाइगर वगैरह के साथ छोटे शिशु की तरह बातचीत में मगन हो उठते थे। उस समय वे जंतु-जानवर ही स्वामीजी के सहचर हो उठते थे। उस समय वे सब स्वामीजी को एकांत में पाकर अपना मान-अभिमान, हँसी-रुलाई, अच्छा लगने-बुरा लगने के दास्तान सुनाने लगते थे। उस समय स्वामीजी भी बड़े मन से उनकी बातें सुनते थे। वे सब भी स्वामीजी को पाकर खुश होते थे। उस वक्त भाषा का भी व्यावधान नहीं रहता। सारा कुछ मिल-जुलकर एक हो जाता था।

स्वामी प्रेमानंद जाने कब तो बगल में आकर खड़े हो गए, स्वामीजी ने खयाल ही नहीं किया।

प्रेमानंद की हँसी सुनकर उन्होंने पलटकर देखा, ''क्यों रे, यूँ हँस क्यों रहा है?''

''हँसूँगा नहीं? हंसिनी से तुम इस ढंग से अनुनय-विनय कर रहे हो, मानो दूध देना-न-देना उस पर निर्भर करता है।''

''अलबत्! दूध उसका है। किसे वह प्यार से पिलाएगी, नहीं पिलाएगी, यह पूरी-पूरी तरह उसकी इच्छा पर निर्भर है। देखा नहीं, मटरू के मर जाने के बाद वह कितनी तकलीफ में है। संतान खो देनेवाली माँ किस कदर शोक में होती है, वह क्या हम लोग जैसा कोई पुरुष कभी समझ सकता है रे?''

मटरू का जिक्र छिड़ते ही अगले पल स्वामीजी खामोश हो रहे। प्रेमानंद जानते हैं कि वे मटरू को कितना प्यार करते थे। बकरी के उस बच्चे के गले में उन्होंने अपने हाथों से घुँघरू पहना दिया था। स्वामीजी कभी-कभी छोटे बच्चे की तरह उसके साथ दौड़ लगाते थे।

करीब साल भर पहले मटरू चल बसा। बकरी का वह बच्चा रंगीन

मछलियों के हौज में गिर पड़ा था। मटरू की मौत की घटना से स्वामीजी बेहद दुःखी हुए थे।

''मटरू पिछले किसी जन्म में जरूर मेरा कोई सगा था।'' यह जुमला उन्होंने कई लोगों से कहा। सिस्टर क्रिश्चन को भी यह बात खत में लिखी।

प्रेमानंद ने देखा, स्वामीजी गंगा के उस पार दक्षिणेश्वर मंदिर की ओर निश्चल भाव से नजरें गड़ाए खामोश बैठे हैं। वे जाने किस सोच में डूबे हुए थे।

उसी तरफ देखते हुए वे अचानक बोल उठे, ''कैसे अचरज की बात है, बताओ तो? मैं जिसे भी जरा लाड़-दुलार करता हूँ, वही मर जाता है।''

विवेकानंद को याद आ गया कि ठाकुर श्रीरामकृष्ण ने भी कहा था। उन्हें ठाकुर के आखिरी समय का रोग-जीर्ण चेहरा भी याद आ गया। उन दिनों ठाकुर के गले में जानलेवा रोग ने अपना घर बना लिया था। हकीम, वैद्य, एलोपैथी, होमियोपैथी डॉक्टरों ने लगभग जवाब दे दिया था। वैद्यों ने बताया कि इस रोग का नाम है—रोहिणी। महेंद्र डॉक्टर ने कैंसर बताया। चिकित्सा-शास्त्र में यह इलाज के बाहर था। उस समय ठाकुर के आस-पास तरोताजा एक दल नौजवान खड़े थे—नरेन, राखाल, बाबूराम, निरंजन, शशि, शरत्, योगीन, काली, लाटू, तारक वगैरह। इनमें से बहुतेरे नौजवान प्रेसिडेंसी, सेंट जेवियर्स, स्कॉटिश चर्च कॉलेज से पश्चिमी शिक्षा में पढ़े-लिखे शिक्षित थे। ठाकुर ने उन सभी को त्याग-व्रत के लिए प्रेरित किया था। वे सब ठाकुर की संतान थे।

सुरेंद्रनाथ मित्र, बलराम बसु, महेंद्र मास्टर, राम दत्त, गिरीश घोष जैसे गृही भक्त भी ठाकुर के पास नियमित आते थे। लेकिन ठाकुर को नरेन, राखाल, शरत्, काली वगैरह के साथ रहना विशेष प्रिय था। कॉलेज में पढ़े-लिखे ये सब शिक्षित नौजवान काशीपुर की बागान कोठी में रोग-जीर्ण इस इनसान के पास दिन भर पड़े रहते हैं, यह बात बहुतेरे लोगों को समझ में आती थी। यहाँ आने देने को लेकर इन लोगों में से बहुतेरे के माँ-बाप, रिश्तेदार, बंधु-बांधवों को घोर आपत्ति थी। इसके बावजूद घर में इन नौजवानों का मन नहीं टिकता था। जाने किस खिंचाव में ये लोग यहाँ बार-बार दौड़ आते थे।

ये लोग ठाकुर को सुकरात, अरस्तू, प्लेटो वगैरह प्रमुख दार्शनिकों के

बारे में बताते थे। ठाकुर भी उन लोगों की बात सब मन लगाकर सुनते थे। ठाकुर उन लोगों को अपनी अध्यात्म–चेतना, दर्शन के तथ्य समझाते थे। ये लोग बखूबी समझते थे कि ठाकुर की एक–एक बात मानो दार्शनिक विचारों की एक–एक मणि–मोती हैं। इस अनंत भंडार से जो जितना कुछ बटोर सकते थे, वे उतने ही फायदे में रहते थे।

ठाकुर को बात करने की मनाही थी। लगातार बोलते रहने से गले का रोग बढ़ सकता था।

ठाकुर को जब यह बात याद दिलाई जाती थी, ठाकुर कहते थे, 'अब तो मैं बिलकुल ठीक हूँ, मजे में हूँ। थोड़ी और बातें करने दो न!'

अगले दिन ही नजर आता था कि तीखी यंत्रणा से छटपटाते हुए उनकी देह सिकुड़कर इतनी सी हो गई है। उसी समय कोई निदान सुझाता था कि हरिताल भस्म फाँका कीजिए, आप ठीक रहेंगे। कोई मधु, घी गरम करके चाटने की हिदायत देता था। किसी–किसी की सलाह होती थी कि हर्रे चबाकर खाया करें, इससे गले की जलन कम होगी। उन दिनों जो जैसा भी होता था, रामकृष्ण वही मान लेते थे। उसके बाद तबीयत जरा सुधरते ही वे उन सभी नौजवानों से तरह–तरह की चर्चा–परिचर्चा में मगन हो उठते थे।

गृही भक्तों का हर वक्त घर–गृहस्थी की किस्से–कहानियाँ ठाकुर को भली नहीं लगती थीं। गिरीश घोष अकसर ही ठाकुर को 'अवतार' कहते थे। उनका विश्वास था कि ठाकुर अगर चाहें तो अपनी रोग–मुक्ति स्वयं ही कर सकते हैं।

किसी भक्त के पापों का बोझ ठाकुर अपनी इच्छा से, अपने कंठ में धारण करके नीलकंठ हो गए हैं! मर्त्यधाम में यह मानो ठाकुर की लीला है।

यह सब सुनकर ठाकुर अपना धीरज खोकर बोल उठे, "मैं मर रहा हूँ रोग की पीड़ा से और तुम लोग मुझे अवतार बनाए दे रहे हो। यह सब अवतार–टवतार फालतू की बात है। यह सब सुनकर घिन्न होती है। तुम लोग नहीं जानते...।" यह कहते हुए रामकृष्ण ठिठक जाते थे। अगले ही पल वे प्रसंग बदलकर कहते थे, "यह कमरा काफी गरम हो उठा है।" कभी वे कहते थे, "अरे, उत्तरी हवा बह रही है; खिड़की–दरवाजे बंद कर दो। आज तुम लोग विदा लो! ठीक है?"

ऐसे ही तरह–तरह के बहाने से वे अपने भक्तों को फिलहाल विदा कर देते थे।

जिस दिन गहरी रात के वक्त ठाकुर ने प्रयाण किया, बहुतेरे लोगों ने सोचा, नींद में ही उन्होंने भाव–समाधि ले ली। उनकी समाधि भंग करने के लिए बहुतेरे लोगों ने ठाकुर के कानों में 'कृष्ण' नाम का जाप किया। स्वामीजी रामकृष्ण के दोनों चरण अपने सीने से लगाए बैठे रहे। वे मन–ही–मन राम नाम का जाप कर रहे थे और स्वगत ही कह रहे थे, 'हे राम, तुम हमारे ठाकुर को अच्छा कर दो।'

अचानक स्वामीजी के अंतस में कोई जैसे बोल उठा, 'किसे लेकर बैठा है? तेरे ठाकुर तो अब उस काया में नहीं हैं।'

अपनी रुलाई दबाकर स्वामीजी दौड़कर कमरे से बाहर निकल गए। उसके बाद वे उस कमरे में जाने को राजी नहीं हुए। ठाकुर इस धूल भरी पृथ्वी को बेभाव प्यार कर बैठे थे। स्वामीजी भी ठाकुर को बेतरह प्यार कर बैठे थे।

जिसे मैं जरा सा भी प्यार करने लगता हूँ, वही मर जाता है। स्वामीजी का मन–प्राण तीखे विषाद से आविष्ट हो उठा। स्वामीजी दक्षिणेश्वर की ओर निगाहें गाड़े निश्चल बैठे रहे। प्रेमानंद एकदम से बेचैन हो उठा।

स्वामीजी के शांत–स्तब्ध चेहरे की ओर देखते हुए प्रेमानंद ने प्रसंग बदलकर कहा, "लो, यह धरा है तुम्हारा मठ, अब यह सब तुम सँभालो। अब से तुम्हारी तरह मैं तीरथ–तीरथ घूमा करूँगा।"

अब स्वामीजी ने पीछे पलटकर प्रेमानंद की तरफ देखा।

प्रत्युत्तर में स्वामीजी ने कहा, "मेरी नकल क्यों करने लगा? ठाकुर नकल करने को मना करते थे। मेरी तरह उड़ाकू–घुमंतू मत बनना, कहे देता हूँ।"

गंगा घाट की तरफ से व्रजेंद्र की आवाज सुनाई दी। वहीं से और भी कई जन की आवाज तैरकर यहाँ तक आ पहुँची। बाकायदा हो–हल्ला मचा हुआ था। मामला क्या है, प्रेमानंद यह देखने के लिए दौड़ पड़े। वापस लौटकर उन्होंने खबर दी कि बेलूर घाट पर मछुआरों की नौकाएँ आ लगी हैं। नदी से आज ढेरों ईलिश मछलियाँ निकाली गई हैं। इसीलिए इतना हल्ला मचा है।

यह सुनकर स्वामीजी भी बच्चों की तरह किलकते हुए उठ खड़े हुए। उन्होंने कहा, "चल, मैं भी तो देखूँ।"

घाट पर पहुँचकर स्वामीजी ने मछुआरों से ठट्ठा-तमाशा शुरू कर दिया। अपनी मनपसंद एक विशाल ईलिश मछली का चुनाव किया गया। इस वर्ष पहली बार ईलिश खरीदी जा रही थी, इसलिए कीमत को लेकर कोई मोल-भाव या कंजूसी नहीं की गई। उपयुक्त कितनी कीमत दी जा सकती है, इस बात को लेकर भी कुछ देर स्वामीजी और प्रेमानंद में हँसी-दिल्लगी चलती रही। तब तक मठ के अन्यान्य अनेक संन्यासी और ब्रह्मचारी आ जुटे। वे लोग भी स्वामीजी और प्रेमानंद की बातचीत में शामिल होकर मजा लेने लगे। डोंगी की सारी मछलियाँ अकेले ही खा सकते हैं—किसी समय स्वामीजी और प्रेमानंद में आपस में बाजी भी लग गई। यह बात सुनकर बाकी सभी लोग तो हँसते-हँसते बेहाल हो गए। आखिरकार कई एक ईलिश मछलियाँ खरीद ही ली गईं। अच्छी कीमत पाकर मछुआरे भी परम प्रसन्न हो गए।

स्वामीजी ने ब्रजेंद्र के हाथ में एक ईलिश पकड़ाकर कहा, "तू तो ठहरा बंगाली! नई ईलिश की तो तू लोग पूजा करता है! किन-किन चीजों के साथ इतनी पूजा की जाती है, कर डाल!"

नीलांबर मुखर्जी की बागान-कोठी में केला-पत्रों का अभाव नहीं था। काफी बड़ा सा एक केला-पत्ता काटकर ले आया गया। केले पत्ते के बीचोबीच एक जोड़ी ईलिश मछलियाँ रखी गईं। ब्रजेंद्र ने ईलिश मछलियों के मुँह में पान-सुथरी की गिलौरी डाली गई। उसके बाद चंदन, सिंदूर, हलदी का लेप लगाया गया। एक-एक सामग्रियाँ ईलिश के माथे पर लगाई गईं। जो लोग बंगाल लोगों की ऐसी पूजा में तन्मय हो गए। एक-एक करके ईलिश-पूजा की सारी विधियाँ पूरी हुईं। करीब ही रखी हुई धारदार पहसुल से मछलियों पर आड़े-तिरछे कोप पड़ा। मछलियों के बड़े-बड़े टुकड़ों से केला पत्ता भर उठा।

हर दिन की तरह स्वामीजी ने कुनकुने दूध और ठाकुर के प्रसाद-स्वरूप फलों का नाश्ता किया। लेकिन इससे पहले, सुबह जैसे चाय पीते थे उसी तरह चाय भी पी थी।

साढ़े आठ बज गए। स्वामीजी ठाकुर घर में जा बैठे। प्रेमानंद को

बुलाकर स्वामीजी ने कमरे के खिड़की-दरवाजे बंद कर देने की हिदायत दी। कमरे में आसन बिछाकर, खिड़की-दरवाजे बंद करके प्रेमानंद बाहर निकल आए। स्वामीजी ध्यान में बैठ गए।

करीब ग्यारह बजे स्वामीजी का ध्यान टूटा। खिड़की-दरवाजे खोलकर स्वामीजी ने अपने ही हाथों से ठाकुर का बिस्तर झाड़ दिया। ध्यान के बाद आज वे काफी खुश-खुश लग रहे थे। अपने मन की रौ में वे गुनगुनाते हुए गा उठे—

''श्यामा माँ मोरी क्या काली है रे,
काले रूप में दिगंबर, हिय-कमल किए आलोक रे!
लोग कहें, काली है काली, मोरा मन ना बोले काली है रे!''

कभी-कभी वे एक ही पंक्ति पर घूम-घूमकर लौट रहे थे—

''हिय-कमल किए आलोक रे!''

4 जुलाई, 1902, अपराह्न

स्वामीजी ने प्रेमानंद को जानकारी दे दी कि आज वे अपने कमरे में नहीं खाएँगे। दोपहर का खाना वे सबके साथ बैठकर खाएँगे।

आज दोपहर को खाने का मेनू था—भात, तली हुई ईलिश मछली, ईलिश की तरी और ईलिश का खट्टा अंबल! स्वामीजी परम तृप्ति से खाते रहे, खाते-खाते सबके साथ हँसी-मजाक भी करते रहे।

किसी एक समय उन्होंने कहा, ''एकादशी का व्रत करके भूख और बढ़ गई है।''

ब्रह्मचारी नंदलाल आज खूब खुश था, क्योंकि स्वामीजी आज परम प्रसन्न नजर आ रहे थे। पिछले कई महीनों से स्वामीजी इतने खुश नहीं नजर आए थे। इसलिए नंदलाल कभी भात की हाँडी लेकर, कभी ईलिश की थाली लेकर स्वामीजी के सामने घूम-फिर रहा है।

''और थोड़ा सा भात लीजिए न! एक टुकड़ा ईलिश दे दूँ?'' यह

कहकर वह बीच-बीच में उनसे जबरदस्ती करता रहा।

आजकल पान से चूना भी अगर कम-ज्यादा हो जाए तो स्वामीजी एकदम से आगभभूखा हो जाते हैं। कामकाज में जरा सी भी लापरवाही हुई या हलकी सी गलती हुई तो वे कसकर डाँट देते हैं। अभी कई दिन पहले ही मामूली से किसी कारण पर स्वामीजी ने नंदलाल को बेहद सख्त लहजे में डाँट पिलाई थी। डाँट से आहत होकर नंदलाल को बागान के कोने में ब्रह्मानंद ने रोते हुए भी देखा था। अब उनसे रहा नहीं गया।

ब्रह्मानंद सीधे स्वामीजी के कमरे में पहुँच गए और उनसे शिकायत के लहजे में कहा, "तुम्हारी डाँट की आँधी से अब तो मठ के सारे संन्यासी मठ छोड़कर भाग ही जाएँगे।"

स्वामीजी अपने तानपूरे की धूल झाड़ रहे थे। चेहरा उठाए बिना ही उन्होंने मंद-मंद मुसकराते हुए कहा, "तब तो बड़ा मजा आएगा।"

उफ! किस बात का कैसा उत्तर? ब्रह्मानंद हत्वाक रह गए। वह सुर काटते हुए ब्रह्मानंद कुछ कहने ही जा रहे थे कि स्वामीजी ने खुद ही बोलना शुरू कर दिया, "मेरा पैर और फूल गया है। रात को खाने के बाद प्रचंड गरमी लगने लगती है। अच्छी तरह नींद भी नहीं आती। बीच-बीच में सिर दर्द से फटने लगता है। इन दिनों डायबिटीज भी बढ़ गया है। बाईं आँख से ठीक तरह दिखाई भी नहीं देता। लगता है, यह आँख बिलकुल नष्ट ही हो जाएगी।" यह कहते-कहते ही स्वामीजी ने तानपूरा का एक तार छेड़ दिया। 'टुन्न' की एक आवाज गूँज उठी।

आसन छोड़कर स्वामीजी खिड़की के सामने जा खड़े हुए।

थोड़ा ठहरकर उन्होंने कहा, "मैं क्या करूँ राजा, बता तो? मेरी देह चौबीस घंटे ही जलती रहती है। दिमाग ठिकाने नहीं रहता। जब तक जिंदा रहूँगा, तुम लोगों को व्यर्थ कष्ट देता रहूँगा। देख राजा, तू एक काम कर सकता है। विदेशियों का घोड़ा जब बेकाम हो जाता है तो वे लोग क्या करते हैं, मालूम है? बंदूक की गोली से मार डालते हैं। मैं तेरे लिए एक रिवॉल्वर का इंतजाम कर दूँगा। तू मुझे गोली मार सकता है? मुझे मार डालने से कोई नुकसान नहीं होगा। मेरा काम अब खत्म हो चुका है।" स्वामीजी रो पड़े।

ब्रह्मानंद जानते थे कि पिछले कई वर्षों से स्वामीजी के शरीर में कई-कई रोगों ने अपना घर बना लिया है। रोग-बीमारी में उनकी सेहत टूटकर

आधी रह गई है। उनकी रोग-जीर्ण काया की तरफ अब देखा नहीं जाता। इसके बावजूद स्वामीजी मठ के लिए इनसान की क्षमता के बाहर लगातार जी-तोड़ श्रम किए जा रहे हैं। तो फिर वे किसके खिलाफ शिकायत करने आए हैं, यह सोचकर ब्रह्मानंद खुद ही अपराध-बोध से सकुचा आए। उस दिन ब्रह्मानंद अपनी आँखों में डबडबाए हुए आँसू दबाकर अति खामोशी से स्वामीजी के कमरे से बाहर निकल गए।

लेकिन, आज स्वामीजी बिलकुल और नजर आ रहे थे।

खाना-पीना समाप्त करके स्वामीजी हाथ-मुँह धोकर लौट आए। अभी तक जो लोग खाना परोस रहे थे, अब वे लोग खाने बैठे। स्वामीजी खुद उनका खाना परोसने को आगे बढ़ आए। लेकिन और लोगों ने उन्हें खाना नहीं परोसने दिया। उनसे कहा गया कि वे जाकर आराम करें। लेकिन स्वामीजी वहीं खड़े रहे। उनके चेहरे पर तृप्ति की हँसी झलक रही थी।

''सुन रे, उन लोगों को ज्यादा-ज्यादा भात दे और मछली का अच्छा सा टुकड़ा देखकर दे।'' यह कहते हुए स्वामीजी स्वयं परोसने की देख-रेख करने लगे।

सभी लोग खा रहे थे। किसके हिस्से में कितना ज्यादा काँटे जमा हुए, किसकी मछली का पेट या लहरिया जरा ज्यादा चौड़ी थी, खाते-खाते इस प्रसंग को लेकर भी हँसी-मजाक जम उठा। ऐसी विविध छेड़छाड़ में स्वामीजी भी जी खोलकर हँसते रहे।

साढ़े बारह बजने वाले थे। स्वामीजी अपने शयनकक्ष में दाखिल हुए। पंद्रह-बीस मिनट तक आँखें मूँदे वे फर्श पर लोट-पोट लगाते रहे।

ब्रह्मानंद को बुलाकर उन्होंने कहा, ''जरा सा ध्यान किया, सिर बिलकुल ही जम गया है। दिमाग कमजोर हो गया है। अब नींद नहीं आएगी।'' थोड़ा रुककर उन्होंने दुबारा कहा, ''संन्यासी के लिए दिवा-शयन पाप है, समझा? चलो, अब तुम लोगों को जरा पढ़ा दूँ।''

करीब एक बजने वाले थे। अन्य दिनों की तुलना में करीब डेढ़ घंटे पहले ही स्वामीजी मठ के पुस्तकालय कक्ष में संन्यासी-ब्रह्मचारियों की क्लास लेने दाखिल हुए।

आज का विषय है—'लघु कौमुदी व्याकरण'! पढ़ाई शुरू हो गई। स्वामीजी व्याकरण के जटिल तत्त्वों को बेहद सहज बनाकर छात्रों को समझाते

रहे। बेहद खूबसूरत भाव से संस्कृत टीका की आसान व्याख्या भी बताते रहे। छात्र मंत्रमुग्ध भाव से स्वामीजी का व्याख्यान सुनते रहे। शिक्षक थे कि रुकने का नाम नहीं ले रहे थे। छात्र भी उतने आग्रह और दिलचस्पी से सुनते रहे। मेधावी छात्र बुद्धि-दीप्त सवाल पूछते रहे। शिक्षक भी खूबसूरत व्याख्या के माध्यम से उनके सवालों का समाधान करते रहे।

चार बज गए।

लगातार क्लास लेकर स्वामीजी कुछ थक गए थे। थकान दूर करने के लिए उन्होंने एक प्याली गरम दूध पीया। उसके बाद स्वामी प्रेमानंद को साथ लेकर वे सैर के लिए निकल पड़े। पैदल-पैदल चलते हुए वे बेलूर तक पहुँच गए। वैसे इन दिनों वे इतना नहीं चलते थे।

बाजार से लौटकर स्वामीजी आम के पेड़ के नीचे बैठ गए। उस वक्त वे खासे हँसते-खिलखिलाते हुए खुश नजर आए थे। कोई एक जन उनका हुक्का सजाकर दे गया। हुक्के के कई एक कश खींचकर स्वामीजी शौच हेतु चले गए।

वापस लौटकर उन्होंने देखा, स्वामी रामकृष्णानंद के पिता ईश्वरचंद्र चक्रवर्ती उनसे भेंट करने के लिए उनकी प्रतीक्षा कर रहे थे। स्वामीजी को देखकर उन्होंने उनका कुशल-समाचार पूछा।

जवाब में स्वामीजी हँस पड़े। उन्होंने कहा, ''आज बेहद भला-भला लग रहा है। अन्यान्य दिनों की तुलना में आज बहुत ज्यादा फिट हूँ।''

इसके बाद स्वामीजी काफी देर तक ईश्वर बाबू से बातचीत करते रहे।

काफी बूढ़े ईश्वरचंद्र चक्रवर्ती तांत्रिक साधक थे। बातचीत के प्रसंग में मठ में काली-पूजा का प्रसंग भी छिड़ गया। अगले दिन शनिवार की अमावस्या थी। स्वामीजी की इच्छा थी कि मठ में काली-पूजा की जाए। बातचीत खत्म करके ईश्वर बाबू ने विदा ली।

स्वामीजी उस समय भी आम के पेड़ तले बैठे हुए हैं। कुछ ही दूर पर कई संन्यासी मिलकर चाय पीते-पीते गपशप कर रहे हैं।

स्वामीजी ने उन संन्यासियों से मुखातिब होकर कहा, ''एक कप चाय पिलाएगा रे? बिना चीनी की लेकर पीऊँगा।''

कुछ देर बाद ही एक ब्रह्मचारी दूध-चीनी के बिना एक कप चाय दे गया। चाय पीकर स्वामीजी ने कप-प्लेट बेंच के एक किनारे पर रख दिया।

स्वामीजी उस वक्त गंगा की ओर नजरें गड़ाए ध्यानस्थ बैठे रहे। सामने कोई भी नहीं था। धीरे-धीरे साँझ उतर रही है।

गोधूलि के बाउल-रँगे आलोक ने अब समूचे आसमान को ढक लिया था। उस आलोक की छटा आकर गंगा के वक्ष पर पड़ रही थी। प्रवाहिनी गंगा की छाती पर अस्तगामी सूर्य की अंतिम मुख-छवि स्पष्ट थी।

स्वामी विवेकानंद गुनगुनाकर गा उठे—

"थामो न, थामो न रथ चक्र, रथ क्या चक्र पर चले
जिस चक्र के चक्री हरि, जाके चक्र पर जगत् चले
रखो न, रखो न बाजी, यह बाजी नहीं जादू-खेला
खतम प्रेम की बाजी, बाजी सी मोरमयी गोकुल में
झूठ-मूठ दूसो मत, सारथि, यह सारथि आशा की अति
बिन रथी की अनुमति, कहाँ, किसका रथ यूँ चले।"

गाना खत्म हो गया। फिर भी खत्म नहीं होता। गाने की पहली लाइन बार-बार घूम-घूमकर लौटती रही। स्वामीजी तन्मय होकर गाते रहे—

"थामो न, थामो न रथ चक्र, रथ क्या चक्र पर चले,
जिस चक्र के चक्री हरि, जाके क्या चक्र पर चले।"

सूर्य-रथ ने विदा ली। संध्या उतरने लगी।

आज ही काशी में 'श्रीरामकृष्ण अद्वैताश्रम' का आनुष्ठानिक शुभारंभ होगा। स्वामी शिवानंद ने खत द्वारा इसकी सूचना दी है।

काशी के दशाश्वमेध घाट पर गंगा-आरती के साथ ही ठाकुर की वंदना-आरती का श्रीगणेश होगा। ठाकुर को गंगा से बेहद प्यार था, यह खयाल आते ही स्वामीजी का मन आनंद से भर उठा।

बेलूर मठ में संध्या-आरती शुरू हो गई।

स्वामीजी अपने कमरे की ओर चल पड़े। संगी व्रजेंद्र।

कमरे में दाखिल होकर स्वामीजी ने व्रजेंद्र को संबोधित होकर कहा, "मुझे दो लड़ी माला ला दे और बाहर जाकर जप-ध्यान कर। जब तक मैं न बुलाऊँ, अंदर मत आना।"

दक्षिणेश्वर की तरफ मुँह करके स्वामीजी जप के लिए बैठ गए।

करीब पौने आठ बजे स्वामीजी ने व्रजेंद्र को आवाज दी। उन्होंने कहा, "गरमी लग रही है, खिड़की खोल दे।"

व्रजेंद्र ने पूछा, "तबीयत खराब लग रही है?"

स्वामीजी ने जवाब दिया, "ऐसा बीच-बीच में होता रहता है। बाद में ठीक हो जाएगा। अगर हो सके तो तू जरा पंखा झल दे।" इतना कहकर स्वामीजी लेट गए। हाथ में जप-माला।

कुछेक पल बाद स्वामीजी ने कहा, "अब हवा करने की जरूरत नहीं है। जरा पाँव दबा दे।"

घड़ी ने टंग-टंग करके रात के नौ बजाए। इतनी देर तक स्वामीजी चित लेटे रहे। अब उन्होंने बाईं तरफ करवट ले ली। कई एक सेकंड के लिए उनका दाहिना हाथ जरा काँप उठा। स्वामीजी का माथा पसीने से भीग उठा। व्रजेंद्र ने एक सूखे गमछे से उनके माथे का पसीना पोंछ दिया। अचानक स्वामीजी शिशु की तरह रो उठे। अगले ही पल उन्होंने गहरी साँस ली। करीब दो मिनट तक सबकुछ बिलकुल स्थिर। दुबारा गहरी साँस! उनका सिर हिल उठा। सिर तकिए से लुढ़क गया। आँखें स्थिर, मुखश्री स्वर्गीय हँसी से जगमगाती हुई। हाथ में जप माला ज्यों-की-त्यों थमी हुई।

व्रजेंद्र चीख उठे, "कहाँ हो? तुम लोग कौन, कहाँ हो? स्वामीजी कैसा तो कर रहे हैं!"

व्रजेंद्र की चीख सुनकर सभी लोग दौड़ते हुए आ पहुँचे। उन लोगों ने सोचा कि स्वामीजी शायद भाव-समाधि में चले गए हैं। स्वामी बोधानंद कुछेक पल स्वामीजी की कलाई की नाड़ी थामे रहे और उसके बाद एकदम से रो पड़े।

कोई एक जन बोल उठा, "महेंद्र डॉक्टर को खबर दो। कहो, फौरन चले आएँ।"

डॉ. महेंद्र मजूमदार नदी के उस पार वराह नगर में रहते थे। कुछेक क्षण पहले ही कोई आदमी उन्हें लाने के लिए नाव से जा चुका था। प्रेमानंद और निश्चयानंद स्वामीजी की भाव-समाधि तुड़वाने के लिए उनके कान में रामकृष्ण नाम का जप करते रहे। अनेक लोग अस्थिर हो उठे—डॉक्टर कब आएँगे?

महेंद्र डॉक्टर पहुँचते ही हड़बड़ाए हुए से स्वामीजी के कमरे में दाखिल हुए। छाती पर स्टेथेस्कोप रखकर कुछेक पल उन्होंने जाँच की। कलाई की नाड़ी की परीक्षा की। कुछ क्षणों पहले ही दिल की धड़कन बंद हो चुकी

थी। सबकुछ जाँच-परखकर डॉक्टर का चेहरा गंभीर हो आया। भौंहों की कोरें सिकुड़ आईं। 'स्वामीजी नहीं रहे।' यह कहने में भी यथेष्ट शक्ति दरकार थी। उन्हें खुद भी विश्वास नहीं आ रहा था। काश, काश, किसी तरह भी कोई जादू हो जाता! उन्होंने स्वामीजी की दोनों बाँहें अर्धचंद्राकार में सामने-पीछे घुमाने को कहा। कृत्रिम उपाय से दिल को सचल करने की कोशिश। इलाज चलता रहा। महेंद्र डॉक्टर जानते थे कि स्वामी विवेकानंद मठ के लिए क्या हैं, कितने अनमोल हैं! इसीलिए डॉक्टर के दिमाग में यह चिंता मुँह बाए खड़ी रही कि वे सच्चाई कैसे बताएँ? वे ठहरे डॉक्टर! उनके लिए जन्म-मृत्यु एक बराबर थी। अब उन्हें चाहे जितनी भी तकलीफ हो, उन्हें बताना तो पड़ेगा ही।

महेंद्र डॉक्टर उठ खड़े हुए।

चारों तरफ नजरें दौड़ाकर उन्होंने कहा, "मैसिव हार्ट अटैक! किसी को कोई मौका नहीं दिया। मेरे आने से पहले ही इनके दिल ने काम करना बंद कर दिया था। अब कोई उपाय नहीं है। कृत्रिम उपाय से जितनी कोशिश की जा सकती थी…" महेंद्र डॉक्टर किसी यंत्र की तरह बोलते गए।

डॉक्टर की बात पूरी होने से पहले ही नंदलाल गौंगियाकर रो उठे।

स्वामीजी के उम्रदार शिष्य नित्यानंद जोर-जोर से भाँय-भाँय रो पड़े। उनकी सकरुण क्रंदन ध्वनि से मठ का परिवेश भारी हो उठा। स्वामीजी के करीब बैठे स्वामी प्रेमानंद और निश्चयानंद के दोनों गालों से धार-धार आँसू झरने लगे। डॉक्टर महेंद्र ने धीरे से अपना कैंबिस बैग उठा लिया। उस शोक के माहौल में खड़े रहने की उनकी बिलकुल हिम्मत नहीं पड़ रही थी। महेंद्र डॉक्टर सिर झुकाए-झुकाए खामोश-स्तब्ध कमरा छोड़कर बाहर निकल आए। सीढ़ियों से नीचे उतरते हुए उनकी नजर पड़ी। बरामदे के एक कोने के घुप्प अँधेरे में जैसे दक्षिणेश्वर की ओर मुँह किए कोई खड़ा था—निश्चल, स्तब्ध! डॉक्टर वहाँ रुके नहीं। वे अँधेरी में ही गंगा-घाट की ओर बढ़ चले।

बारिश में मैदान में लंबी-लंबी घास उग आई थी। इनमें साँप-बिच्छू भी हो सकते हैं। समूचा मैदान चोर-काँटे से भी भरा हुआ। स्वामी प्रेमानंद हाथ में एक लालटेन थामे हुए दौड़े-दौड़े आ पहुँचे। महेंद्र डॉक्टर को जैसे कोई होश नहीं था। नाव पर सवार होने से पहले डॉक्टर ने स्वामीजी के कमरे की तरफ एक बार पलटकर निराश-हताश चेहरे से देखा। उन निगाहों में अद्‌भुत

विषाद भरा हुआ था।

प्रेमानंद हाथ में लालटेन थामे घाट पर खड़े थे। उनके दोनों गाल आँसुओं के भाप से सिक्त। नाव के अंदर एक दीया जलता हुआ। उसी रोशनी की लंबी प्रतिच्छवि गंगा की छाती पर पड़ रही थी। माँझी ने हलके से लहछी घुमाई ही थी कि नाव हिल उठी। अँधेरे-उजाले में उनका चेहरा स्पष्ट नजर नहीं आ रहा था। प्रेमानंद को लगा, डॉक्टर भी जैसे रो रहे हों।

स्वामी ब्रह्मानंद उस वक्त बलराम मंदिर में थे। खबर पाकर उस आधी रात को नाव से राजा महाराज मठ में आ पहुँचे।

5 जुलाई, 1902

भोर हो आई।

ब्रह्मचारी नंदलाल सारी रात स्वामीजी के दोनों चरण अपने सीने से लगाए बैठे रहे। भोर हो जाने के बाद भी नंदलाल उसी मुद्रा में बैठे रहे। वे एक बार भी उठकर कहीं नहीं गए। स्वामीजी का मस्तक पश्चिम की तरफ था और दोनों पाँव गंगा की तरफ पूर्व में था। नंदलाल को ढेर-ढेर बातें याद आती रहीं।

पिछले दिन दोपहर के भोज के दौरान स्वामीजी ने कहा था, 'और मत दे रे नंद! आज बहुत ज्यादा खा लिया।'

इस वक्त भी नंदलाल के कानों में वे शब्द बज रहे थे। उनका दिल मानो मरोड़ उठा। उन्हें फिर रुलाई आने लगी, लेकिन उनसे रोया भी नहीं गया। आँखों के आँसू सूख चुके थे और अंतस में हाहाकार मचा था।

स्वामीजी की आँखें जवा फूल की तरह रक्तवर्ण। नाक से बहे हुए खून की चंद बूँदें अब सूख चुकी थीं। उनके निधन की खबर आग की तरह फैल गई। लोक-मुख से खबर पाकर डॉ. विपिन घोष उन्हें देखने आए। वे स्वामीजी के गुणमुग्ध थे। विपिन डॉक्टर ने सुना कि महेंद्र डॉक्टर ने डेथ सर्टिफिकेट में लिखा—मृत्यु का कारण हार्ट अटैक! उन्होंने दुबारा जाँच-

परीक्षण करके कहा, ‘‘संन्यास रोग ही मृत्यु का कारण बना। माथे की नसें फट गईं और रक्त क्षरण से मृत्यु हुई। इंटर्नल हैमरेज! डॉक्टरी भाषा में इसे कहते हैं—थ्रांबोसिस!’’

हरेन और कानाई महाराज दिन का उजाला फूटने से पहले ही कलकत्ता आ पहुँचे। वे दोनों सिमला और बाग बाजार भी गए।

सुबह सात बजे निवेदिता आ पहुँचीं। वे अतिशय खामोशी से स्वामीजी के कमरे में दाखिल हुईं। अपने गुरुदेव को प्रणाम अर्पित करके उनकी शायित देह की बाईं तरफ बैठ गईं। निवेदिता की आँखें ईषत् लाल और फूली हुईं। बीच-बीच में उनकी आँखें भर आती थीं। निवेदिता अपने सफेद रूमाल से बार-बार अपने आँसू पोंछ लेती थीं। उनके आवेग का और कोई उच्छ्वास नहीं था। लेकिन श्वास-प्रश्वास की खामोश तूफानी अंधड़ हवा में उनकी नाक की दोनों पोपटें बार-बार फूल उठती थीं। निवेदिता ताल-पत्र के पंखे से स्वामीजी को पंखा झल रही थीं और एकटक अपने ‘राजा’ की तरफ देख रही थीं।

स्वामीजी के मँझले भाई महेंद्रनाथ उस समय कलकत्ता में नहीं थे। अभी कुछ देर पहले छोटे भाई भूपेंद्रनाथ अपने बहनोई के साथ बेलूर आ पहुँचे। बेलूर घाट पर एक नाव आ लगी। गंगा-घाट से एक नारी-कंठ की छाती चीर देनेवाला हाहाकार सुनाई पड़ा। स्वामीजी की माँ भुवनेश्वरी देवी अपने नाती ब्रजमोहन घोष को लेकर अभी-अभी बेलूर पहुँची थीं। रोते-रोते जननी भुवनेश्वरी अपना माथा भी पीट रही थीं। संन्यासी लोग उन्हें राह दिखाते हुए स्वामीजी के कमरे में ले आए। कमरे में पहुँचते ही माँ अपने बेटे की ओर दौड़ पड़ीं। अपने दोनों हाथों में उन्होंने बेटे का शायित माथा उठाकर अपनी छाती से लगा लिया।

माथे, छाती पर हाथ फेरते-फेरते जननी पागलों की तरह विलाप कर उठीं, ‘‘हाँ रे विले, तुझे क्या बहुत तकलीफ हो रही है, बच्चे? हाड़-मांस तो बिलकुल काला पड़ गया है मेरे बच्चे का! तुम लोग डॉक्टर क्यों नहीं बुला रहे हो? अरे, इलाज तो कराओ। देखना, यह ठीक, अच्छा हो जाएगा। अभी मैं जिंदा हूँ, इसकी नानी जिंदा है और तुम लोग कह रहे हो कि···’’ यह कहते-कहते भुवनेश्वरी मारे रुलाई के बदहाल हो आईं।

अब उन्होंने नजरें उठाकर निवेदिता की ओर देखते हुए कहा, ‘‘ओ

भली लड़की, सुन रही हो। अपने क्रिस्तान डॉक्टर को एक बार खबर भेजो न! सुना है, वे लोग अच्छा इलाज करते हैं। एक बार मेडिकल में भरती करें तो क्या ठीक नहीं होगा?''

निवेदिता सिर झुकाए बैठी रहीं।

जननी के छाती-चीर हाहाकार से मठ का माहौल और ज्यादा विषादमय हो उठा।

और ज्यादा देर रहीं तो माँ का कष्ट और बढ़ जाएगा। उनका बेटा संन्यासी था। संन्यासी की मौत पर विलाप नहीं किया जाता। भुवनेश्वरी देवी को समझा-बुझाकर नाव पर सवार करा दिया गया। जननी वेभाव रोती रहीं, विलाप करती रहीं। नाव जैसे-जैसे कलकत्ता की ओर बढ़ती गई, रुलाई की आवाज क्रमशः क्षीण होती गई।

अनेक-अनेक भक्त, दर्शनार्थी आते रहे। स्वामीजी के अंतिम दर्शन कर रहे थे, प्रणाम अर्पित कर रहे थे। दोपहर के लगभग एक बजने वाले थे। अब दर्शनार्थियों की संख्या कम होने लगी। स्वामीजी की शायित मृत देह के सामने आस-पास बैठे रहे—निवेदिता, ब्रह्मचारी नंदलाल, भक्त निवारणचंद्र, चंद्रशेखर चट्टोपाध्याय और चंद्रशेखर के भाई दुलालशशि।

''आप लोगों में से कोई ठाकुर के गीत गा सकते हैं?'' निवेदिता ने धीमी आवाज में पूछा।

कुछ देर सभी खामोश, चुप। भक्त निवारणचंद्र ने हाथ जोड़कर स्वामीजी को प्रणाम अर्पित करते हुए गाना शुरू किया—

> ''मगन मोरा मन-भँवरा श्यामा पद नील कमल में
> श्यामापद नील कमल में, कालीपद नील कमल में
> जो सब था, विषय-मधु, तुच्छ माया, कमादि कुसुम सकल,
> चरण काले, भ्रमर काले, मिल गया काला काले में,
> पंचतत्त्व प्रधान मत देखकर रंग किया भंग
> कमलाकांत के मन में, आशा पूर्ण इतने दिनन में,
> (ओका) सुख-दुःख हुआ समान, उमड़ आया आनंद-सागर।''

यह गीत भक्त कवि कमलाकांत का लिखा हुआ था। ठाकुर श्रीरामकृष्ण भाव-रस में विभोर होकर यह गीत गाया करते थे। निवारणचंद्र ने दूसरा गीत छेड़ा—

"जतन से रखना हिया में, आदरिणी श्यामा माँ!
मन तू देखे अरु मैं देखूँ, और कोई देखे ना ऽ!"

गाते-गाते निवारणचंद्र की आवाज रुँध आई। उनकी आँखें भर आईं। भावावेश आवाज अवरुद्ध कर देती है। निवारणचंद्र ने नए सिरे से दुबारा गाना शुरू किया। आवाज फिर अवरुद्ध हो आई।

कहीं कोई शब्द नहीं। सभी लोग चुप। अब कोई शोक नहीं रहा, कोई दु:ख नहीं रहा। रुद्ध संगीत की वह तीखी भाव-मूर्च्छना नस-नस में तरंगायित हो उठी। अपनी आँखें मूँदकर निवारणचंद्र मानो अपनी देह-मन में शक्ति-संचार करने की कोशिश कर रहे थे और मन-ही-मन प्रार्थना कर रहे थे—'हे ठाकुर, तुम मुझे एक बार गाने की शक्ति प्रदान करो।'

अब वे ठाकुर का सबसे प्रिय गीत गा उठे—

"गया, गंगा, सोमनाथ, काशी, कांची कौन चाहे
काली, काली, काली कहकर अजपा यदि शेष हो जाए
त्रिसंध्या जो कहे काली, पूजा-संध्या वह क्या चाहे
संध्या उसे खोजते फिरे, कभी संधि न पाए
काली नाम में इतने गुन, भला कौन जान पाए
तभी देवाधिदेव महादेव, पंचमुख उनके गुन गाए
दान, व्रत, यज्ञ आदि, मन ना करे वरण
मदन का जाग-यज्ञ, ब्रह्ममयी के रांगा-चरण।"

निवारणचंद्र ने अब फिर एक नया गीत छेड़ दिया—

"मन त्वः ही तारा तुम त्रिगुनधरा परात्परा
ओ जी मैं जानूँ दीनदयामयी, दुर्गम में भी तुम दु:खहारिणी
तुम ही जल में, तुम ही थल में, तुम आद्यमूल में ओ माँ!
हो सर्वघट में, अर्घ्यपुट में, साकार-आकार निराकरा
तुम ही संध्या, तुम ही गायत्री, तुम जगद्धात्री ओ माँ!
अकूल में त्राणकत्री, सदा शिव की मनोहर।"

स्वामीजी ने जिस दिन काली को मान लिया, उस दिन ठाकुर किस कदर आनंद-विभोर हो गए।

ठाकुर ने श्रीरामकृष्ण को बुला-बुलाकर कहा, "मेरे नरेन ने काली को मान लिया, जी···मेरे नरेन ने काली को मान लिया।"

उसी दिन ठाकुर श्रीरामकृष्ण ने परम जतन से स्वामीजी को यह गाना सिखाया था। उस दिन स्वामीजी समूची रात सो नहीं पाए थे। अपने मन, अपने ही आनंद में वे बार-बार-बार यही गीत गाते रहे और जितना-जितना गाया उतना ही भाव-रस में आप्लावित होकर वे देवी मैया के नाम में तल्लीनता से रम गए।

अब निवारणचंद्र ने स्वामीजी का प्रिय गान छेड़ दिया। स्वामीजी ने यह गीत ठाकुर को तब सुनाया था, जब उनका ठाकुर से पहला साक्षात्कार हुआ था। निवारणचंद्र अपने मन ही गाते रहे—

''मन चालो निज निकेतन
देश-विदेश में विदेशी वेश में, भ्रम क्यों है अकारण?
विषय-पंचक अरु भूतगण, सब तेरे बाद कोउ नहीं आपन,
पर-प्रेम में क्यों है अचेतन, भूल गया क्यों आपन जन?
सच के पथ पर मन करे आरोहण, प्रेम का दीप जलाए हर क्षण,
संग में संबल राखो पुण्यधन, अति जतन से राखो गोपन
लोभ-मोह पथ में दस्युगण, करे पथिक का सर्वस मोचन
परम जतन से राखो प्रहरी, शम-दम दो-दो जन
साधु-संग, नाम पोथधाम, श्रांत पलों में करो विश्राम
हो पथभ्रांत तो पूछो पांथ, देख, पांथनिवासी जन।
जब देखो पथ है भय-आकर, मन-प्राण से दीजो दुहाई राजा का
उस पथ पर राजा का प्रबल प्रताप, जिसके शासन से डरता है यम!''

भावमग्न निवारणचंद्र गाते रहे, गाते रहे।

स्वामी शारदानंद रो रहे थे। ब्रह्मचारी नंदलाल रो रहे थे। निवेदिता रो रही थीं। चंद्रशेखर, दुलाल शशि रो रहे थे। शारदानंद कब कमरे में दाखिल हुए, कोई नहीं जान पाया।

गाना खत्म होते ही शारदानंद ने अपनी आँखों के आँसू पोंछते हुए कहा, ''बाबा, स्वामीजी चले गए। अब तन-मन में बल नहीं रहा। तुम सब मिलकर स्वामीजी की देह नीचे उतार लाओगे?''

निवारणचंद्र, चंद्रशेखर, दुलालशशि और ब्रह्मचारी नंदलाल मिल-जुलकर बड़ी सावधानी से स्वामीजी की देह सीढ़ियों की राह नीचे प्रांगण में उतार लाए।

शारदानंद और निवेदिता कमरे में ही खड़े रहे।

स्वामीजी के बिस्तर पर पड़े हुए एक गेरुआ वस्त्र की तरफ इशारा करते हुए निवेदिता ने शारदानंद से पूछा, ''यह भी क्या जला दिया जाएगा? यही कपड़ा तो मैंने आखिरी बार आचार्यदेव को ओढ़ते हुए देखा था।''

शारदानंद ने जवाब दिया, ''ना!'' थोड़ा ठहरकर उन्होंने पूछा, ''तुम्हें क्या चाहिए?''

निवेदिता ने कहा, ''हाँ, अगर मिस मैकलाउड के लिए इस कपड़े का जरा सा किनारा काटकर ले सकूँ! जरा सा टुकड़ा भर मिल जाए।''

शारदानंद ने सम्मति दे दी।

इस वक्त छुरी-कैंची खोजना शोभन नहीं होगा, यह सोचकर निवेदिता ने कहा, ''नहीं, अभी नहीं, बाद में ले लूँगी।''

शारदानंद नीचे उतर गए।

स्वामीजी के कमरे में निवेदिता अकेली खड़ी रहीं। उन्हें अपने गुरु की बातें याद आती रहीं। टुकड़ा-टुकड़ा ढेर-ढेर यादों ने उन्हें घेर लिया।

लगभग दो वर्षों पहले स्वामीजी ने अपनी भक्त अमेरिकी बांधवी मि. जोसेफिन मैकलाउड को पत्र में लिखा—

''प्रिय जो,

मैं जो पैदा हुआ, इस बात से खुश हूँ; इतनी-इतनी तकलीफ पाई, इसमें भी खुश हूँ। जिंदगी में जो बड़ी-बड़ी भूलें कीं, इसमें भी मैं खुश हूँ। अब यह जो निर्वाण के शांति-समुद्र में डुबकी लगाने जा रहा हूँ, मैं उसमें भी खुश हूँ। मेरे लिए किसी को घर-गृहस्थी में लौटना पड़े, मैं किसी को भी ऐसे किसी बंधन में बाँधकर नहीं जा रहा हूँ। ऐसा कोई बंधन मैं किसी से लेकर भी नहीं जा रहा हूँ। देह चली जाए, तब मेरी मुक्ति हो या देह रहते-रहते ही मुक्त होऊँ; लेकिन वह पुराना 'विवेकानंद' जा चुका है, हमेशा-हमेशा के लिए जा चुका है। अब वह वापस नहीं लौटेगा। शिक्षादाता, गुरु, नेता, आचार्य विवेकानंद चला गया है, पड़ा रह गया है केवल वह बालक-प्रभु का वह चिर शिष्य, चिर पदाश्रित दास!''

मैकलाउड ने निवेदिता से जिक्र किया था। मैकलाउड ने कहा था, 'पता है, यह खत मैंने एक बार, दो बार, तीन बार नहीं, बार-बार पढ़ा है। खत पढ़कर मुझे लगा था, स्वामीजी ने यह खत जैसे मुझे नहीं लिखा था, अनंतकाल को

संबोधित करके लिखा था।'

स्वामीजी का पार्थिव शरीर नीचे के प्रांगण में पुष्प-सज्जित पलंग पर लिटा दिया गया है। थोड़ा सा बेदाना, सेब, नासपाती, अंगूर स्वामीजी की छाती पर सजा दिए गए।

बुजुर्ग गोपाल दादा ने कहा, "ओ रे नंदलाल! हम सब में स्वामीजी तुझे ही सबसे ज्यादा प्यार करते थे। आज उनकी अंतिम पूजा तेरे ही हाथ हो।"

स्वामी ब्रह्मानंद समेत अन्यान्य संन्यासियों से अनुमति लेकर नंदलाल ने आरती शुरू की।

जाने कौन तो बोल उठा, "स्वामीजी की आखिरी तसवीर भी उतार लेते! जैसे ठाकुर हैं, बिलकुल वैसी ही फोटो।"

ब्रह्मानंद ने छूटते ही आपत्ति उठाई, "स्वामीजी की कितनी अच्छी-अच्छी तसवीरें तो मौजूद हैं। कितनी किस्म-किस्म की तसवीरें। ऐसी विषादमयी तसवीर देखकर बड़ी तकलीफ होगी रे।"

संन्यासी, ब्रह्मचारी और उपस्थित दर्शनार्थी—सभी लोग कतार में खड़े स्वामीजी को बारी-बारी से पुष्पांजलि अर्पित करते रहे। बड़ा सा मार्सल नीला गुलाब चंदन चर्चित करके स्वामीजी के पाँवों के तलवे में फेरकर बहुतेरे लोग उनकी शेष-स्मृति के तौर पर, कागज पर उनके चरणों की छाप ले रहे थे।

अग्नि-संस्कार की तैयारियाँ शुरू हो गईं।

करीब साल भर पहले बेल के पेड़ तले खड़े होकर स्वामीजी ने कहा था, 'देखो शरत्, सामने ही ठाकुर की चिता-श्मशानभूमि है। समस्त मठभूमि में यही स्थान सर्वोत्कृष्ट है।'

स्वामीजी की आखिरी इच्छा के अनुसार शरत् महाराज स्थानीय पौर प्रतिष्ठान से अनुमति संग्रह कर लाए—यहीं, इसी स्थान पर स्वामीजी का दाह-संस्कार किया जाएगा।

सुबह एक दौर बारिश हो चुकी थी, इसलिए मैदान बेहद रपटीला हो आया था। यहाँ-वहाँ चोर-काँटा उग आया था। इसलिए स्वामीजी की देह को बड़ी सावधानी से वहन करके ले जाया गया और चंदन काठ की चिता पर लिटा दिया गया।

शरत् महाराज ने भक्त-संन्यासियों से कहा, "तुम लोग सरकंडे की ये काठियाँ जलाकर चिता की सात बार परिक्रमा करो और स्वामीजी के चरण

तले यह आग रखकर प्रणाम करो।''

निर्देश मुताबिक भक्तों ने वही किया। शुरू-शुरू में धिक्-धिक् और बाद में धू-धू करके चिता धधक उठी। धुएँ की कुंडलियाँ आसमान की ओर उड़ने लगीं। संन्यासी, ब्रह्मचारी और भक्तगण अब चिता से काफी दूर जा बैठे।

बेल के पेड़ के नीचे पक्के सीमेंट के चबूतरे पर बैठे हुए थे—गिरीश घोष, उपेंद्रनाथ मुखोपाध्याय, जलधर सेन, श्रीम, अक्षय कुमार सेन वगैरह।

अचानक गिरीश बाबू सिर पीट-पीटकर रो उठे, ''नरेन! कहाँ हो तुम? कहाँ हो? कहाँ तुम जिंदा रहकर मेरी बात लोगों को बताते, ठाकुर की महिमा का प्रचार करते; लेकिन करमजली किस्मत, उस साध की दुश्मन हो गई। यह दृश्य देखने के लिए मैं बूढ़ा जिंदा रह गया! तुम तो ठाकुर के बेटे थे, ठाकुर की गोद में चले गए। अब बताओ, हम सबको कितना बदहाल करके अकाल में ही चले गए! हमारी तो तकदीर फूट गई।''

गिरीश घोष रोते रहे। बाकी लोग भी सुध-बुध खो बैठे। प्रज्वलित चिता को घेरे हुए सभी लोग पत्थर की मूरत बने बैठे रहे।

निवेदिता उठकर चिता की ओर बढ़ आईं।

चिता की दरारों से आग की लपटें लपलपाने लगीं। निवेदिता घूम-घूमकर चिताग्नि की परिक्रमा करने लगीं। उनके गालों पर धार-धार आँसू बहते रहे।

जिस किसी भी पल आग लग सकती थी।

राखाल महाराज ने कहा, ''देख कानाह, भगिनी जिस ढंग से आग के करीब-करीब होती जा रही हैं, किसी भी समय दुर्घटना हो सकती है।''

यह सुनकर कानाई महाराज निवेदिता को वहाँ से हटा ले गए और गंगा-किनारे ला बिठाया।

हवा उस वक्त पूर्व की ओर अभिमुख थी। स्वामीजी की देह का निचला हिस्सा जल चुका था, लेकिन आग ने ऊपर के हिस्से को स्पर्श नहीं किया था। धुएँ की कुंडलियाँ आसमान में उड़ती हुईं।

ठाकुर के गृही-भक्तों में से जाने कौन तो बोल उठा, ''सुन, मूँड़ फोड़कर मगज निकाल ले और लग्घी से चिता के अंदर घुसेड़ दे। मगज छूकर आग धाँय-धाँय करके लपलपा उठेगी।''

निश्चयानंद चीख उठे, ''जो कोई स्वामीजी के सिर पर डंडा मारेगा, उसी डंडे से उसका सिर मैं तोड़ दूँगा। चाहे जितना भी काठ लगे, पेड़ की डाल

तोड़-तोड़कर डालेंगे। रुपए जितने लगेंगे, मैं दूँगा।''

इस वक्त नीरवता कायम रखना ही एकमात्र कर्तव्य है। परिस्थिति चाहे जितनी भी अप्रिय हो, निस्तब्धता ही वांछनीय है। सभी लोग खामोश बैठे रहे। निश्चल चुप्पी थी, स्वामीजी के प्रति अंतिम श्रद्धा होगी। काठ काट-काटकर नित्यानंद लाते रहे और चिता में डालते रहे। परम जतन में उन्होंने स्वामीजी का ऊर्ध्वांश काठ के टुकड़ों से ढँक दिया।

आग की लपलपाती-लहकती लपटें निश्चयानंद के हाथ और पसीने-पसीने देह को स्पर्श करती रहीं।

राखाल महाराज चंद्रशेखर चट्टोपाध्याय को बुलाकर जरा दूर ले आए और उनके हाथ पर दस रुपए का एक नोट रखकर कहा, ''तुम निवारण के साथ जाओ और वराहनगर बाजार से पूड़ी-सब्जी और संदेश मिठाई खरीद लाओ। ठाकुर को संध्या का नाश्ता तो अर्पित करना होगा। कल रात से साधु लोगों ने भी मुँह में पानी तक नहीं डाला। भक्तजन में भी बहुतेरे भक्त भूखे थे। ···और हाँ, याद आया, तुम लोग गिरीश बाबू की नाव लेकर चले जाओ। मैंने उनसे कह दिया है।''

साँझ होने में अभी कुछ देर है। चिता बुझ चुकी थी। संन्यासी और भक्तजन ने स्वामीजी का देहावशेष, मिट्टी की हाँड़ी में बटोरकर गंगा में बहा दिया। स्वामीजी के सभी भक्तों ने स्नान किया और अस्तगामी सूर्य को प्रणाम कर उस पवित्र आत्मा के प्रति तर्पण किया।

निवेदिता बेल के पेड़ के प्रति बैठी रहीं। उनकी अपनी घड़ी में छह बज रहे हैं। ऐसे वक्त जाने किसने तो उनकी स्कर्ट की बाँह पकड़कर खींची। पलकें झुकाकर निवेदिता ने देखा, अग्नि-अंगार से काफी दूर से उड़कर करीब दो-तीन इंच का गैरिक वस्त्र का टुकड़ा उनके पाँव के करीब आ गिरा, जो उनका चरम प्रार्थित था।

श्वेत गाउनधारी उस तपस्विनी की आँखों से उस पल सावन की बरसात की झड़ी लग गई। बरसात की बड़ी-बड़ी बूँदें झरने लगीं। निवेदिता रोती रहीं, रोती रहीं।